여기, 창녕

수우당 시인선 011

여기, 창녕

2023년 9월 1일 초판 인쇄

지은이 | 김일태 & 성선경
펴낸이 | 서정모
펴낸곳 | 도서출판 수우당

주　소 | 51516 창원시 성산구 외동반림로 126번길 50
전　화 | 055-263-7365
팩　스 | 055-283-8365
이메일 | dlp1482@hanmail.net
출판등록 | 제567-2018-7호(2018.2.12)

ISBN 979-11-91906-20-2-03810

값 12,000원

수우당 시인선 011

2인 시선집

김일태 · 성선경 시집

수우당

창녕을 고향으로 하는 까마귀 둘이 모여
옛 추억을 이야기 하다 뜻을 모아 이렇게
고향에 대한 시편들을
모아보기로 마음을 열었다
고향은
우리 유년의 기억창고이며
우리들이 성장하는 밑그림이 그려진 곳이다
그래서 의미가 큰 작업이라 할 수 있다
여기 시편들은
우리들의 고향 창녕에 대한 추억들과
고향에 대한 애정의 시편들이다
재미있게 고개를 끄덕이며 읽어주시면 감사하겠다.

김일태, 성선경 합장

제3부 —— 참새를 잡고 싶다

제6부 —— 미루나무에 노을을 붙들어 매며

시인 김 일 태(金一泰)

- 1957년 경남 창녕군 남지읍 수개리 출생, 시와시학(1998년) 등단.
- 『부처고기』, 『바코드 속 종이달』 등 9권의 시집과 시선집 『주름의 힘』 발간.
- 창작 가무악극 '백월이 중천하여', '칸타타—고향의 봄' 등 대본 집필과 공연 연출.
- '통영국제음악제', '창녕낙동강유채축제', '창원세계아동문학축전' 등 기획.
- 경남문인협회장, 창원예술문화단체총연합회장, 창원문협회장 등 역임.
- MBC경남 PD, 방송사업국장, 전략기획실장, 경남대 문화콘텐츠학과 겸임교수 등 역임.
- 현재 사)고향의봄기념사업회 회장, 이원수문학관 관장, 재)통영국제음악재단 부이사장, 창원세계아동문학축전 운영위원장, 경남문협 창원예총 고문 등.
- 경남문학상, 하동문학상, 시와시학젊은시인상, 김달진창원문학상, 경남시학작가상, 경상남도 문화상, 창원시 문화상, 산해원불교문화상, 경남예술인상 등 수상.

전화: 010-8522-6666   E-mail: kimit7788@hanmail.net

제 1 부

돌아오지 않는 꿈

우포늪 가시연꽃

시조부모 시부모 살이
남편 살이
여든 다 되시도록 자식들 내외살이까지
어머니 세상살이 요령은
한 가지뿐
할 말 많아도 쉬이 내뱉지 않으셨다

창녕 우포늪 연꽃
넓은 멍석 잎
온갖 걸 다 받으면서도
일억 사천 년을 그 요령으로 버텨 왔다
가시털 큰 꽃머리 물 밑에 감추고
꽉 다문 뾰족 입술만 겨우 물 밖으로 내밀고는

읍내 가는 버스를 기다리며

지금 나는 읍내 가는 버스를 기다리고 있다
매표소도 검표원도 없는
고향 마을 앞 버스 정류장에서
아무래도 내가 떠난 곳과 너무 달라서
승용차에 달린 내비게이션만 믿고
돌아오는 길 잘못 든 것 같아서

대구로 공부하러 떠나던 날
차부 배웅하시던 엄마도 만나야 하고
모내기하다 손 흔들며 반기던 용판이 아재도
버스 꽁무니를 흙먼지 뒤집어쓰며 따라 뛰던 친구들도
동네 어귀 우물가에서 경주댁 큰아들 왔다고
왁자지껄 반겨주던 아지매들에게 눈인사라도 해야 해서

건망증으로 뭐 하러 왔는지 깜빡 잊었을 때
왔던 길 되돌아 가보면 다시 생각나듯이
달구지 덜컹대던 신작로 따라
큰 소리로 오라이 하던 차장 누나 물컹한 가슴에 떠밀

리면서도
　선듯선듯 버드나무 가로수가 필름처럼 지나가던 그 유
년의 길

　늘 정해진 시간에 도착한 적 없고
　고장 나면 아무런 통보 없이 끊기던
　그 읍내 가는 버스 타고 되돌아 가보면
　돌아오는 길 알 수 있을 것 같아서
　나는 지금 버스를 기다리고 있다

격자무늬 안방 문

양식으로 개조하면서 떼어다 놓은
시골집 안방 문짝
아파트 서재에 세워 두고 있는 이유를
다른 이들은 모른다

분위기에 생뚱맞다고
보는 사람마다 한마디씩 하지만
문을 열면 보이는
홍시 주렁주렁한 감나무와 집을 꽃으로 치장하던 살구
나무
소 마구간의 저녁 노을빛 울음소리
돼지우리와 닭장에서
이중창으로 빚어내는 난장을

도리깨질 소리 탈곡기 소리
느닷없이 다가와 어깨동무해 줄 것 같은
모깃불 매캐한 마당 풍경을 알 리 없다
그들은

문고리 잡을 때마다
저릿저릿 전해 오는 온기를
옛날은 영원히 사라지는 게 아니라
이렇게 절절히 그리울 때 만날 수 있다는걸
모른다

밤마다 무서움에 떨며
문종이에 손가락으로 침 구멍 내
도심의 치부를 훔쳐보는 이 도벽을
그들은 모른다

주름에 경배한다

주름졌다는 것은
기운이 빠졌다는 게 아니다
나를 접었다는 것이다
나를 내어주면서 너를 편안히 받아들일
힘이 쌓였다는 것이다

오냐오냐, 한마디로
투정 철부지 짓 다 받아주시던 어머니의 포근함은
주름의 힘이었다
뒷산 소나무가 바람을 견뎌낸 것
다 주름의 힘이었다

주름을 만든다는 것은
나를 버려 너를 버는 일이다
하늘과 다투지 않는 요령으로 농투성이들이
논밭에 이랑과 고랑을 짓듯이
주름에 경배하라

노랑어리연

우포늪 노랑어리연
겨루면서 어깨 걸고 다투면서도 서로 손잡고
무리 지어 붙어산다

–요래 오종종 모여 사는 기 가족 아이가
 흩어지모 물살에 씰리가뿐다 아이가

우포늪 사람들
노랑어리연처럼
군락 이루며 누대를 살고 있다

도시 나가 사는 자식들
힘 부치면 혹 돌아올까 자리 뜨지 않고
노란 등촉 촘촘히 밝혀 들고

감꽃

얼러 키운 자식 후레자식 된다고
남들이 흉봐도
품고 공들이면 귀하게 되리
연한 살갗 봄볕에 그슬릴까
여린 몸 벌레충이 해칠까
제 한 몸 새까맣게 물러 떨어질 때까지
씨앗 지키고 선
부리 노란 감꽃

어머니 꽃

왜가리

재주부릴 일 아니다
한쪽 다리로도 설 수 있어야 한다

서두른다고 기회가 오랴
행운은 기다림 끝에 달려있거늘

언제나 땅심을
꼼꼼히 잘 살펴야 한다

하마나 비 그칠까
논두렁 물꼬 옆에 서서
수심을 재고 계시는

도롱이 입은 할아버지

수다를 길어내던 두레박은
어느 시간의 지층에 묻혀 있을까

수개리 동네 어귀에 오래된 우물 하나 있었지요
엔간한 가뭄에도 바닥 드러내지 않던
물귀신이 살아
돌을 던지거나 침을 뱉으면 몰래 잡아간다는
아무도 직접 본 적 없지만 홀린 사람은 몇 있었다고 전
해 오는
마을 길 고쳐 새마을 만들자고
젊은이들이 삽 들고 우물입 시멘트로 막으려 할 때
오래된 우물은 영물이라 틀어막아 가두면 동네에 우환
든다고
동네 할배들 쌍지팡이 끌며 나와 말리는 바람에
해와 달 별빛 담던 우물은 더 깊어지지 못하고
애기 주먹 들락거릴 만한 숨구멍 하나 둔 채 덮혔지요
우물 속에 고인 어둠의 두께만큼 세월은 깊어져
사람들 기억도 차츰 메꾸어져 갔지만
내림 이야기는 채 닫히지 않고 남아
하, 수다를 길어 올리던 두레박 대신
피리 구멍을 타고 여우 울음 같은 소리로

밤마다 은밀히 적막을 깨우고 있다고 하지요

돌아오지 않는 꿈

지금 어디쯤 날고 있을까
내 종이비행기는

아라비아 천일야화에 젖었던 11살 무렵
새처럼 날아 산골을 벗어나고 싶던 때
알라딘의 양탄자 끝 잡고 떠난 뒤
한 갑자 지날 때까지 돌아오지 않는

세상 밖으로 나갔는지
설산 뾰족 바위에 걸렸는지
바다로 흘러가 심해를 떠도는지
히말라야 파미르 킬리만자로에서도
러시아 몽골 대평원에서도 찾지 못한
종이비행기

그때 왜 돌아오는 길 일러주지 않고
날려 보냈을까
그 종이비행기를

헛제삿밥

죽어서 먹는 이승의 밥맛이 궁금해
살아서 먹어보는 저승의 밥

슬퍼할 사람 몇이나 될까
얼마 못 가 모두에게 잊힐지라도
마지막까지 울어 줄 내 사랑 생각하게 하는

밥 얻으려 뛴 한 시절 한 시절이
숟가락질 젓가락질하는 순간으로 다가와
울컥, 목이 메게 하는

내가 나를 위해 메 하나 올려놓고
쓸쓸히 흠향해보는

만년교*

이름값 하기에는 아직 구천수백 년이 모자라는
지나온 만 번 보다
다가올 수십만 번 더 무거운 짐을 감내해야 하는
보살 같은 다리가 있다.

시대의 불의에 죽음으로 맞선 이들
가난을 홑 지팡이에 의지한 채 절뚝이던 이들
목말 태우고 건네주느라
이제는 곱사등이가 되어
이끼마저 저승꽃처럼 핀

꿈을 건네준다고 해서 더러는
무지개다리라 부르라 하고
또 더러는 홍문紅文을 세워놓고
지조로 읽으라고 강요하지만

영축산 부성 함박산 모성 이으며
온갖 소문 쓸어 담아 무심히 흘려보내는

둥글게 환한 여여문*如予門으로

자꾸 읽히는

*만년교: 경남 창녕군 영산면의 함박산 끝자락에 있는 소박하면서도 간결
한 무지개 형태의 다리로 1780년 정조대에 건립된 보물 제564호.
*여여문如予門: 삶과 죽음을 초월한 세계로, 고요하고 평온한 세상으로 가
는 문이라는 뜻.

번뇌의 바다에 뜬 반야용선대*

광활한 포구다
삶에 지친 이들
삿된 번뇌로부터 극락정토로 건네주는
반야용선의 선창이다

지혜의 화신이요 자비의 법신이다
일천오백 년을 한결같이
고해苦海에서 해인海印으로
용선의 뱃머리를 이끈
화엄의 등정각자等正覺者이다

천축의 땅 건너오듯
화왕의 불기운 광배 삼아
옥천의 물소리 가사 삼아
깨달음에 무슨 말이 필요하냐며
사귀 여덟모 기단에
염화의 미소로 나투셔서는

동東으로 몸을 두신 까닭 거푸 물어도
너 가고자 하는 길이나 알아보라고
회광반조*로 답하시는
적묵의 여래

*통일신라 8대 사찰 가운데 하나인 창녕 관룡사 경내에 있는 많은
보물 중 백미로, 절집에서 500m 위에 자리한 용선대에는 석조석
가여래좌상(보물 제295호)이 있다.
*회광반조回光返照: 참나를 다른 데서 찾으려 하지 말고 자기 자신을
돌아보고 찾으라는 말로 불교에서 선을 수행하는 하나의 방법이다.

출렁거리는 봄
-창녕 남지 유채단지에서

꽃 멀미해본 적 있는가
불현듯 찾아와
헤어나기 힘들었던 첫사랑처럼

너울거리는 노랑 파도에
어지럼증 느껴본 적 있는가

꽃물결에 쓸려
해초처럼 너울거린들 어쩌랴
향기에 취해
벌 나비처럼 비틀거린들 어쩌랴

백 년을 건너온 녹슨 철교 위에 서면
멀어진 사랑이나 유년의 기억은
강물 따라 묵묵히 유실되어 흘러가고

설렘만 파랑처럼 일어
아무 부르는 이 없어도 귀가 커지고

눈이 환해져

부질없이 속에 채워놓은 생각
왈칵 게워내고 싶어지는

어화둥둥
환장하고 싶어지는 4월이다

키질

큰아야
내 말 허투루 듣지마래이
사람도 똑같대이
이리 쪼매마 흔들고 까불어보마
알곡인지 돌인지 쭉정인지 북데긴지
금시 표가 나는 기라

만다꼬

만다꼬 씰데없이 너그 아부지는 얘기를 해가꼬
바쁜 아를 댕기가구로 맹그노
묵을 기 쌨는데 고기는 만다꼬 사 왔노
걍 오지
작년에 산 것도 아죽 때도 안 탔는데
옷은 또 만다꼬 사 왔노
하루 이틀 된 것도 아인데
나이들마 다 쪼매쓱 아픈 긴데
만다꼬 전화해가꼬
아슴찬쿠로
잘난 아들 얼굴 보고 맛난 거 묵고 항께
좋기는 좋구마는
만다꼬

제 2 부

형상기억

어머니 보리菩提

열 살 땐가 어머니와 둘이 보리밭 매다가
밭가 소나무 그늘에서 점심 먹는데
무심결에 발을 타고 오르는 개미 한 마리
손으로 툭 털어 발로 밟았다

어머니는 낭패한 표정으로 손사래 치시며
큰애야 그라지 마라
그라마 개미들이 더 달라든다 잘 봐라
하시며 개미 한 마리를 집어 오므린 손바닥 가운데 놓고
탁탁 두어 번 손뼉으로 혼내놓고는
땅에 조심스레 놓아주셨다

그라마 야가 저그 친구들한테 가서
그게 가마 큰일 난다꼬 가지마라 안 카겠나
마 죽이삐리마 다른 아들이 우애 알겠노
하셨다

손뼉 소리에 놀라 겁먹은 개미보다
내 마음이 더 먹먹하였다

부자라 말한 적 없다

어머니는 우리 육 남매 앞에서
한 번도 우리 집이 부자라고도 가난하다는 말도 하지
않으셨다
남의 걸 욕심내거나 돈 빌리러 다니는 일 보지 못해
우리는 다 커서까지 우리 집이 부자인 줄 알았다
옷이고 양말처럼 살림살이도 덧대고 깁고 꿰매며 사신
어머니는
부자로 사는 것보다 잘 사는 게 중요하다는 걸
몸소 가르치고 싶어 하신 듯했다
아버지는 늘 섬이나 가마니에 있을 때 아껴야지
뒷박에 든 곡식 아끼려 들어봐야 소용없다 하셨다
잘 사신 아버지 어머니 둔 덕에 우리 육 남매는
돈은 별로 없었지만 잘사는 집 아이로 자랐다
대구 도심에서 돈 걱정 없이 자란 아내가 결혼 뒤
그래도 시골에서는 꽤 부잣집인 줄 알았는데
너무 가난해서 놀랐다고 했다
나는 우리 집이 부자라고 말한 적 없다고 항변하려다
참았다

아들이 한날

우리 집은 잘사는 것 같은데 왜 돈은 없느냐고 투덜거
렸다

내가 언제 우리 집이 부자라 말했느냐고

삿된 생각을 꾸짖으려다 참았다

그때마다 아는 것보다 느끼는 게 낫다 하신

아버지 말씀을 생각했다

아버지의 방울

술을 많이 드신 날이건 가볍게 드신 날이건
얼마나 드셨어요 물으면, 아버지는
딱 한빨* 했지, 하셨다
집에 손님이 찾아오거나 일하다 출출하실 때도
술 한빨 내오라고 하셨다

세상살이 크고 작은 일도
하나의 방울로 요약하시던
아버지

매번 다르면서도 같은 주량처럼
큰 날 작은 날 있었지만, 아버지가
나보다 작게 보이는 날은 없었다

어느 날
니가 너그 아부지만치만 됐으면 좋겠다
하시는 어머니 말씀 듣고부터
나는 방울을 아버지보다 더 키우겠다고 작심했다

어느덧 아비가 되어 새끼 낳고 키우면서
아버지보다 방울을 키울 게 아니라
새끼보다 작아선 안 되겠다고
목표는 바뀌었다

버겁게 느껴지던 그때 아버지의 나이가 되어갈 무렵
아버지는 결국 방울 크기 잴 기회를 주지 않고
내가 찾아가 견줄 수 없는 곳으로 떠나셨다

아버지의 방울을 워낭소리 삼아
다섯 방울로 나누어져 뿔뿔이 살아가고 있는 형제들은
아버지의 제삿날마다 모여 방울 얘기를 하며
일 년에 딱 한 번
아버지와 한 방울이 된다

*한빨: 한방울

부처고기* 같은

어미 하나 있었네
맛없이 살다 간

제 속에 여섯 새끼 꽁꽁 품어
혼자 살아갈 만치 키워 세상 내보내고는
휘휘 제 세상 한번 헤엄쳐 둘러보지도 못하고

홀쭉해진 한 생 막바지 뜬눈으로 돌보던
새끼 하나 먼저 보내고
못 진 가슴 기진맥진하다가
괭이갈매기 새끼 먹이로 물려간 망상어같이
저승으로 선뜻 채여 간
어미 하나 있었네

자식새끼 얼러 키운다고
망치 맹치 같은 별호로 불려도
붕어 같은 작은 입 앙다물고
하나도 부끄럽지 않았던

떠난 뒤에야 자식들 가슴에

별로 살아난

어미 하나 있었네

*부처고기: 망상어. 배 안에 10마리 정도의 새끼를 키워서 낳는, 민물의 붕어같이 생긴 완전 태생어류. 힘겹게 새끼를 낳은 뒤 홀쭉해진 배로 기진맥진 바다 위를 허우적대면 괭이갈매기가 덥석 물어 제 새끼에게 가져다 먹이는 광경을 보고 난산을 우려하여 임산부에게는 잘 먹이지 않는 풍습이 있으며, 망치 또는 맹치라고도 부르고 그 희생정신을 높이 사 하늘의 별 같은 고기라 하여 망성어, 부처고기로도 불림.

헛쌈

정수기 육각수로 헹군 상추에
메뚜기 쌀밥 흑돼지삼겹살
조선된장에 마늘 풋고추를 얹어
사는 것도 이런 게 아니냐며
잘 산다는 것과 잘 싼다는 것은 같은 말이라며
세 식구 마주 보고 미어지게 쌈을 먹는데
당당하게 쌈질해서 얻은 쌈이어서
요 정도 쌀 수 있는 형편이 얼마나 고마우냐고
아내가 맛나게 웃는데
여남은 식구 건사하느라
솥 바닥에 눌어붙은 누룽지 불려 마시거나
가족들 밥 먹는 사이 동생 둘러업고 남새밭 돌다 와
밥알 없는 헛쌈 드시던 어머니
사는 동안 당신을 위해서는 한 번도 속 차게 싸본 적
없는
헛쌈 같은 어머니 생각

어머니 어디 계시는지

글을 몰라
아파트 한 동 건너 사는 동생집도 오가지 못하시는
어머니
어디다 흘려놓고 오셨는지
몸만 낯설게 골방에 앉아
헤어진 마음을 기다리신다

자동 기억 전화기가 아니면
전화 연락도 못 하시는데
어느 거리를 헤매고 계시는지

육이오 전장을 물어물어 아버지 면회 가셨듯이
내일모레 새나 찾아오실는지

달무리 지다

가신지 여러 해 되어
이제는 가슴 울컥거리지도 눈물이 핑 돌지도 않는
무덤덤한 아버지 제삿날

생전에 밥상 올리듯
메밥을 차려놓고 제주를 올리며
아버지 저승살이 외로우실까
처음으로 생각해 봅니다

살아서 독상 받으신 때가 많았던 이유도 있었겠지만
이제야 이런 생각나는 까닭은
아무래도 몸 진
어머니 때문인 것 같다고
미안한 마음 대신 나를 변명합니다

아무것도 묻지 않는데
무슨 대꾸 무슨 꾸중 하실까마는
별소리를 쓸데없이

하시면서
생전처럼 툴툴 마음 터실 것 같은
아버지

차린 제삿밥 흠향하시는 동안
아들은 제 체면치레에 열중하는데
예전처럼 아버지를 서서 맞이하지 못하고
휠체어에 앉아 홀로 밥상 받으신 어머니는
아직도 아버지 그릇 안에서 풀리지 못하고 있는
자식들 걱정에
음복 대신 눈시울에 물밥을 짓습니다

남편과 자식들 사이에 떠 있는
낮달 같은
어머니

고무신 한 켤레

한 생의 업을 딛고 왔다가
이제는 날개를 접고
나붓이 이승의 마지막 안식에 든
모시흰나비 같은

갈싸리 광주리에 참 이고 넘던 보릿고개
노랗게 물들이던 씀바귀 똥풀꽃 더미
생각할까

청보리밭 스치는 솔바람이랑
밤꽃 향기 허벅지게 담고
다시 갈 수 없는
진골 야시고개 굽이진 성사고개
다박다박 넘던
닷새 장날 생각할까

바닥은 닳아 얇아졌어도
팔십 평생

가운데 바른 가르마 타서 비녀로 쪽을 진
어머니처럼
오뚝하게 코를 세워
문상객 맞이하는
고무신 한 켤레

스톱홀*

내보내기만 할 뿐
다시 돌이킬 수 없는
빈 벌레집 같은

고여 부푸는 힘에 넘어질까 봐
옹벽에 낸
구멍처럼

좋은 데로
언젠가 갈 길 편히 가셨을 거라고
어머니 돌아가신 뒤
마음 벽에 뚫은 구멍들

다 커서까지도 가슴에 잘 담기지 않고
헤프게 술술 새던
'단디해라'는 말씀처럼

장마질 것 같던 생각이 말라

이제는 겨울바람만 숭숭한

저

*스톱홀: 벽의 균열을 막기 위해 뚫어 놓은 물구멍.

형상기억

어머니 다섯 달 동안 계시던 병원 쪽으로
무심코 차를 몰고 가다가

간병용 침대가 놓여 있던 서재를
일없이 열고 들여다보다가

어머니 가시고
이젠 기다리지 않는데

세상과 어머니 사이에 어색하게
자꾸만 놓이게 되는

이 탄력 강한

조각보 이불

온기 떠나고 비릿하게 살냄새만 남은
시골집 안방
빛바랜 가족사진 올려다보며
기거하시던 자리에 고치처럼 누워
어머니 백오십 단구 감싸던 이불을 덮는다

동생과 내가 모아드린 크기 다른 수건
요리조리 잘 놓아 키에 맞춘
알록달록한 조각보 이불

가슴을 덮으니 발목이 나오고
발목을 덮으니 가슴이 서늘하다

시부모 살이 육 남매 바라지
한번도 반듯하거나 넉넉한 때 없어
조각조각 잇대고 촘촘히 기워 사신
어머니 일생 담은
저 시詩 한편

어머니의 밥

밥 지을 쌀을 일다가
떨어진 쌀알
함지박에 주워 담아 다시 씻으셨다
어머니는
땅도 생쌀을 먹으면 체한다고 하셨다

잘 썩을 음식 먹은 땅은 든든하다며
사람은 땅심으로 산다고 믿는
어머니는 땅거죽이 델까 봐
아직도 기명 물을 식혀서 버리신다

탯줄

엄마 돌아가시고 난 뒤
처음으로 많이 울었다
배가 끊어질 듯이

오십 년 전 떨어진 줄 알았던
엄마와 나를 잇고 있던 몸줄이
비로소 끊긴 때문이었다

어머니를 기다리며

국민학교 다닐 때 어머니 학력란에
일제 강점기 때는 존재하지 않았던
국졸이라고 적어냈다
어머니 또래 여자들은 그 당시
글자 근처에 얼씬거릴 기회조차 없었는데
어머니는 까막눈이었는데
세상의 모든 이치 다 꿰뚫은 듯한
어머니가 단지 무학이라는 것이 억울해서였는데
단 한 번 환갑 때 아버지와 여행 다녀왔을 뿐인
아무런 연고도 없는 경주댁으로 평생을 살다 가신
여전히 내 국민학교 학적부에는 국졸이라고 위조되어
있을
어머니
좋아하시던 쌀밥과 조기 한 손 제상에 올려놓고
읽지도 못하실 지방을 써 붙여놓고
숫자를 읽을 줄 몰라
같은 아파트 살던 동생 집
한나절 찾아 헤매시던 그날처럼

마음 졸이며 기다리는
어머니 기일

왜가리

재주부릴 일은 아니지만
한쪽 다리로도 설 수 있어야 한단다
서두른다고 기회는 오지 않고
행운은 기다린 끝에 달려있단다

조물주가 네게 맡긴 하루 치 몫은
위에 달려 있지 않고 아래에 묻혀 있으니
땅에 새겨놓은 문장
꼼꼼히 잘 읽어 보아라

하마나 비 그칠까
논두렁 타고 서서
수심 깊이 물꼬 내려다보는
도롱이 입은 저 할배

제 3 부

참새를 잡고 싶다

호박을 키우며

아파트 공원 옆 텃밭
호박넝쿨이
달팽이 배밀이를 하고 있습니다

사랑채 토담 위 제 둥지를 향한 의지가
뙤약볕 받아 더욱 선명해집니다

떠나간 사람 기다리는 일처럼 부질없을지라도
타관의 노역 위해 켜든 호롱 꽃불도
언젠가 고향에 가 닿으리라는
소망등입니다

고향 생각이 호박넝쿨처럼
구불구불거립니다

참새를 잡고 싶다

소쿠리 덫 괴어놓고 기다리다 잠들었던
아홉 살 그 봄날로 가고 싶다

꿈에 참새가 된 내가
동무들은 날아가고 홀로 잡혀
무명실에 다리 묶여 혼이 나던
그때로 가고 싶다

남지장 가신 어머니 더디 오신 그날
참새처럼 오그린 등 토닥여 선잠 털어주던
그 어진 볕살 올올이 가슴으로 사리다가
종종 텃밭에 입방아 찧고 싶다

내가 비운 사이
흙 좋은 나의 안마당 차지한
잡풀들 싸리비로 쓸어내고
사십 년 시간 뒤꿈치 들고 건너가고 싶다

나굿나굿 양지 녘에 괴어놓은 유년의 덫 속에

이제 얼마 남지 않은 시간의 미끼 뿌려놓고

한번 쫓겨 가서는 쉬이 돌아오지 않던 참새들을 기다
리며

사월의 하루해처럼

저물고 싶다

마음 밭을 놓고 싶다

고향에서 농사짓는 친구가
고추밭을 놓는다고
막물 따가라는 연락이 왔다
농사꾼들은 농작물을 마지막으로 거둘 때
끝낸다 하지 않고
밭을 놓는다 한다
밭을 놓아준다는 말이다
땅도 기운이 있어 곡식을 기르느라 힘을 다한 만큼
다음 작물을 심을 때까지 쉬게 해 주는 것이다
알찬 열매를 조건 없이 길러 내준 땅에 대해
고맙다는 말 대신 거름 주며 힘을 북돋아 주는 것이다
농사꾼은 땅 기운도 땅힘이라 하지 않고 땅심이라 한다
힘을 마음으로 읽는 것이다
밭 놓는 날은 이웃들을 불러 수박이며 참외며 고추며
가지며
막물을 나누는 날이다
땅의 은혜에 함께 감사하며 정을 쌓는 날이다
콘크리트에 짓눌러 단 한 순간도 쉬지 못하는

도시의 땅 위에서
새로운 생을 심어 가꾸어야 하는 이모작 전환기에
수없이 시달리면서도 나를 살게 하는 마음 밭도
한동안 거름 주며 놓아주고 싶다

백일몽

꿈에 찾아간 내 고향 수개리는 숲이었다
그 숲에서 나는 한 마리 작은 새되어
무리와 함께 있었다
똥뫼끌 삼바꿈 황새목으로
철갱이 몰이 가슴 푸르게 다니다가
가끔은 우물가 서낭나무 넓은 품에 깃들어
상쇠잡이 종주 어른 생각다가
우루루 몰려
진돌이 놀이하던 뒷산 늙은 소나무 등걸에 앉으면
달맞이꽃 환한 삐알 밭 일구며
그때, 아비들은 소처럼 살고 있었다
가난 어렵사리 무등 태운
쇠실 앞 아버지의 홑무덤 지나
소나무 숲 좋은 수개리에는
오리나무 아카시아 각성바지 나무들이
고향처럼 살고 있었다

*철갱이: 잠자리

부고訃告

고향 동네 뒤 산자락을 새파랗게 치장하던 대나무숲이
누렇게 변해가고 있었다
우물가 정자나무 밑에 모여 놀던 어른들이
대꽃이 피어 말라 죽어가는 거라 했다

백 년을 살다가 단 한 번 꽃피우는 거니
길조라 말하는 어른도 있고
돌림병 들어 쑥대밭이 되었으니
흉조라 말하는 어른도 있고
사람이나 짐승이나 초목이나 다 제 명대로 살다 가는 건데
별소리 다 한다고 일침을 놓는 어른도 있었다

그날 저녁
살 만큼 사셨다는 제종숙부께서
백수를 다섯 해 남기고 돌아가셨다는 부고 문자를 받았다

달빛 받은 대숲이
꽃상여처럼 보였다

고양이 집사

시골 고향 집 가면 고양이 두어 마리가 마중한다
아내는 싫다며 손사래 치지만
그때마다 녀석들은 잠시 자세를 틀었다 다시 뒤돌아
나와
나와 눈빛을 나눈다
집을 비운 사이
마당에 잡풀이 몇 종류 몇 포기가 돋았는지
화단의 할미꽃이 몇 송이 폈다 졌는지
목련이 저 혼자 꽃 잔치를 어떻게 치렀는지
이 틈에 벌 나비는 몇 마리나 날아와 제 몫을 챙겨 갔
는지
봄바람이 송홧가루를 몇 옴큼 문 앞 배달하고 갔는지
저를 고용하지 않고는 알 수 없는 고급 정보라는 듯이
눈알을 반짝이며 구구절절 일러바친다
됐다고, 그치라고 해도 품삯을 받지 않고는
자리 뜰 기미를 보이지 않으니
아내가 다듬고 남은 생선 대가리를
던져주었다

고양이는 당연한 대가인 양 덥석 입에 물고
할아버지가 구부정한 어깨로 사랑채에 들듯
어슬렁어슬렁
어딘지 알 길 없는 집무실로 돌아갔다

보릿고개

장독대 돌아앉아 핀
채송화를 볼 때마다
청보리 풀각시 잘 만들던 큰 누나가 생각났다

볼우물 잘 패던 작은누나는
지붕에서 뱀이 내려온다고 어른들이 꾸중해도
고무 뚜깔 불며 집안을 돌아다녔다

큰손님 심하게 앓던
가슴 오목한 내 동생은
한 철 내내 미열과 기침으로 떨었다

봄 가뭄에 맥 풀린
텃밭 귀퉁이 접시꽃 이파리처럼
어머니는 축담에 앉아 쉬는 일이 잦고

할아버지 계신 사랑방에서는
헐거운 듯

홑 문짝 돌쩌귀 소리가 삐걱거렸다

읍내 장에 가신 아버지 보다
산그늘이 먼저 강둑 따라 돌아오고

작은 바람에도 잘 흔들리던
강아지풀 같던 나는
청보리밭 사이를 가르는 냇가 송사리 몰이에도
발목 시리게 하루해는 길기만 했다

객구풀이

백중날 아니어도 장맛비 오면
밀이나 콩을
볶아 먹었다

가끔 어머니 말다짐 잊고
콩 먹고 맹물 많이 마신 날은
봇도랑 물소리가 나면서
배가 못둥처럼 불러왔다

엄마는 칭얼거리는 나를 발가벗겨 놓고
열 발 깊은 우물물로
배를 문지르며 빨리 가라앉으라고
주문을 외우셨다

어쩌다 저녁까지 통증과 부기가 사라지지 않으면
할머니께서
문지방에 내 머리를 뉘고
시금털털한 물을 부엌칼로 찍어

머리를 쓱쓱 문지르다가 내 입에 물리다가
문지방 탕탕 세 번 치고선
우이씨! 하며
마당 복판으로 던지셨다
나는 무서워서 눈도 못 떴다.

그러고 나면
할머니 비손 음덕으로 그럭저럭 나았다
밤 새우고 다음 날 한나절
소눈같이 뻐끔해지긴 했지만

며느리밥풀꽃

새벽녘
낮은 걸음으로 달빛 밟고
갈싸리 광주리에 담아
이고 날라주던
날끝 의령아지매 제삿밥 같은

그 고봉 쌀밥 위로 피어오르던
김처럼
소복하게 꼬불거리는
수개리 기억

독처럼

유산으로 물려받은
철사로 둥글게 얽어맨 장독 하나

그 시절 풀꽃처럼 져 간 아비들도
독처럼 모두 안짱다리였다

등짐이 허리를 눌러도
넉넉한 품으로 인정을 다독여 숙성시키며
보릿고개서도 끝내 눕지 않았다

금 간 세월은
메주 품은 독에 둥근 테 두르듯
자주 정신줄로 동여맸다

꽝

1

우리 가슴이 여럿인 게 여간 다행 아닙니다
꽝이 폭탄으로 불리는 줄 한참 커서 알았습니다

갓데미산 삐알 살 구덩이에서 우리는 서로
흙으로 만든 꽝을 주고받던 국군과 오랑캐였지만
자고 나면 편이 바뀌었습니다

목화 다래 먹고 살구배 꽝꽝 아프던 그때
일 년에 한두 번씩 진짜 꽝이 터지면
오랑캐도 국군도 아닌 쇠붙이 주우러 갔던 친구들이
하나둘
엎어진 엿판처럼 가마니 보에 쌓여 사라졌습니다

요새, 집 옆 아파트 공사장에서 꽝 소리가
무시로 터집니다
그때마다 어린 날 오목가슴을 쓸어내립니다

2

또 꽝이네, 에이 재수 없어
시어詩語 몇 날 늘어놓고 문장을 꾸리지 못하는
나, 같은 아들 녀석
과자봉지 경품 딱지에서 동전으로 꽝을 문질러 냅니다

가슴 저민 얘기 들려줘도 마음을 꽝 닫는 녀석
우리 때는, 꽝 맞으면 쓰러지거나 사라졌는데
녀석은 꽝을 맞고도 히죽히죽 웃으며 또 꽝을 사러 갑
니다

날개

흘러간 유행가
날개를
라디오로 듣습니다

전답 팔아 서울 가서 가수 되려 했던
삼 이웃 근동에서 노래 인기 제일가던
진경이 형
날개 꺾여 돌아와서
기타 치며 부르던 노래입니다

날아라 날아라
눕지 말고 날아라

끝내 히트곡 하나 없이 날개만 퍼덕이던
장가도 못 간 진경이 형
이제는 오십 줄에 들었을 듯싶습니다

날개만 없었더라도

날려 들지 않았을 텐데

기타 치며 날개를 노래하던
타조 같던 진경이 형
생각합니다

민들레, 대궁이만 남았습니다

동네 어귀 양지바른 담장 아래
민둥 민들레 꽃대 같은
늙은이 서넛
꼬부랑하게 앉아
볕바라기 하고 있습니다

제각각의 셈법으로
지나온 길을
눈으로 비질하며

후–
바람에 절로 날아간 꽃씨 생각도
묻어 있습니다

간 대로 뿌리 묻고 살겠지

되돌아올 리 없는 홀씨 같은 예감이
봄볕처럼 달곰합니다

물수제비

큰아야 네가 옳고
둘째 너도 맞고 막내도 잘했다
차례차례 칭찬하시던
어머니의 무한긍정

우리 삼 형제가 무엇으로 어떻게 보채건
응석을 적중으로 받아내며
삶에 동그라미 쳐주시던

모성의 결

그리운 살구나무집

김 일 태

나의 본적지는 경남 창녕군 남지읍 수개리 332번지이다. 동네 앞을 가로지르는 시냇물을 빼고 모든 풍경이 외부와 단절된 듯이 산으로 막혀있는 그 평범한 산골 동네에서 나는 태어나고 자랐다. 나의 어릴 적 기억은 대부분 소리의 형태로 내장되어 있다. 마을 앞 넓지 않은 들녘에서는 모정자소리가 질펀하게 깔렸고, 소풀을 베어다 놓고 대청마루에 뒹굴고 있을 때면 병풍처럼 돌린 동네 뒷산에서 통곡하듯 부르는 나무꾼의 메나리가 쩌렁쩌렁 들려와 일없이 서러워지기도 했다. 초여름이면 보리타작 도리깨질 소리와 철거덕 철거덕 삼베 짜는 소리가, 초가을에는 온통 붉은 고추 널어 말리는 소리로, 늦가을엔 탈곡기 소리로 마당은 늘 분주했다.

지금도 그대로 남아있는 나의 고향집에는 살구나무 두 그루가 부부처럼 나란히 마당 가에 서 있었는데, 70년대

초까지 동네 한가운데 자리하고 있는 공동 우물가 느티나무 다음으로 나이가 많아 어른의 두 팔로도 안을 수 없을 만큼 둥치가 굵고, 집 두 채를 포개놓은 정도로 키가 컸다. 수령이 이백 년 가까울 것으로 추정되는 그 살구나무 때문에 동네 사람은 우리집을 살구나무집이라 불렀다.

살구나무는 이른 봄마다 화사하게 꽃을 피워 우리집을 꽃단장시켰는가 하면, 먹을 것 부족하던 6~7월 보릿고개 때 노랗게 익은 살구를 주렁주렁 매달아 동네 아이들이 길바닥에 우두둑 떨어진 살구를 주우러 이른 아침에 몰려오거나 가끔 몇몇 아이들은 살구를 훔치러 나무를 타고 오르다가 할아버지께 혼쭐나 곤 했었다. 우리집 살구나무는 껍질이 깔끔한 '빛 좋은 개살구'와 달리 꼭지 부위에 주근깨 같은 점이 있는 참살구여서 설익었을 때는 온몸이 소스라칠 정도로 신맛이 강하고 노랗게 익으면 아주 진한 단맛과 향을 품는 품종이었다.

살구나무집은 동네에서 유일하게 집안에 우물을 두고 있었으며, 두레박 줄을 열 번이나 감아올려야 할 정도로 깊어 겨울에는 미지근하고 여름에는 이가 시릴 정도로 물이 차가워 냉장고가 없던 그 시절 특히 여름철에는 동네에서 인기가 높았다. 초가지붕 아래에는 제비집이 촘촘했고, 헛간 지붕 위에는 낮달 같은 둥근 박덩이들이 여름을 장식했다. 사랑채에 딸린 마구간과 마당 끄트머리에 있던 돼지우리, 대청마루 밑에는 개집이, 마당에는 암탉과 병아리들이 오종종히 몰려다녀 살구나무집 온 마당은 가축 소리로도 시끌벅적했다. 그런가 하면 한겨울에는 서낭나무 아래서 동제 지내는 소리로 떠들썩했고, 송아지 찾는 어미 소의 긴 울음소리와 어머니 손 잡고 절에 따라갈 때 사락사락 치맛자락 스치는 소리도 내 유년의 바구니에 담겨있는 선명한 풍경이다.

그 시절 고향집에는 환갑을 넘긴 할아버지, 할머니와 아버지, 어머니 내외 그리고 누나 셋, 남동생 둘, 그렇게 여섯 남매가 같이 살았다. 살림이 넉넉하지는 않았지만 일밖에 모르는 부지런한 할아버지, 민간요법에 일가견이 있던 자상한 할머니, 마을과 지역에서 유지였던 아버지, 끝없는 사랑과 다정다감한 성품을 지닌 어머니, 배려 많은 누나 셋, 착한 두 남동생 사이에서 나는 당시 비교적 내성적이고 부끄럼 많은 아이였다. 당시 나의 아명은 용암이, 용덤이, 그냥 덤이라고도 불렸다. 딸 여럿 두고 절에서 빌어 얻은 귀한 자식이라 이름을 천하게 지었든 듯싶다.

장손이라는 이유로 열 명도 넘는 대식구들 속에서 늘 아버지와 겸상하는 특혜를 누렸고, 얼러 키운 자식 후레자식 된다고 주위에서 빈정대도, 품고 공들이면 귀하게 자라 큰 재목이 될 거라는 가족들의 믿음과 기대 속에서 성장했다. 그러한 환경으로 나는 늘 버르장머리 없는 아이로 성장할 수도 있었다. 그렇지만 아버지는 어리광을 쉬이 받아주지 않고 맑고 강하게 키우려고 하신 것 같다. 그 이유는 아버지는 나보다 더 귀한 장손로 태어나 자란 때문이 아닌가 여겨진다.

아버지는 할아버지가 8살, 할머니가 12살에 결혼하여 무려 할머니께서 서른다섯 되던 해에 그것도 첫 번째 아들로 태어났으니 딸 셋 다음에 태어난 나랑은 비교될 수 없을 정도였다. 그래서 너무 귀한 자손으로, 장손으로 성장하면서 뭔가 강단 있게 살아 보지 못한 삶을 아들에게는 물려주고 싶지 않았을 것으로 생각된다. 덕분에 나는 그저 나약하고 어려움을 견뎌낼 줄 모르는 사람으로 전락하지 않은 것 같다.

아버지를 떠올리면 두 가지 이미지가 겹친다. 내게 참 엄했던 분, 그리고 참 지혜로웠던 분이다. 아버지는 허튼 말을 잘 않으셔서 성장기 때 앞에만 가면 늘 자연히 주눅

이 들어 말끝이 흐려졌다. 그런 탓으로 아버지로부터 '너는 왜 말에 훈이 없느냐?' 는 지적을 많이 받기도 했다. 그러나 절대로 매를 들든가 쌍소리로 자식들을 다그치는 일은 없었다. 그런 반듯함 때문에 아버지가 더 무서웠는지도 모른다.

그런 아버지가 가끔 다정다감하게 느껴질 때가 있었다. 술을 좋아하신 아버지께서 읍내장이나 바깥일 보러 나가셨다가 술을 한잔하고 오신 날은 할머니 어머니 누나들하고도 재미있는 바깥세상 얘기를 하셨고 농한기인 겨울 저녁에는 자주 할머니께서 주무실 때까지 머리맡에서 옛날 얘기책을 읽어주시기도 하셨다. 그래서 일찍이 아버지를 통해 술에 대한 좋은 인상을 느끼게 된 것 같다.

아버지의 가르침의 핵심은 '사람의 목표를 하나만 두지 말고 차선과 차차선까지 두라' 라는 것과 '할 일은 다 때가 있다.' 라는 것이었다. 목표를 이루지 못할 때를 예비하라는 아버지의 가르침은 간혹 일에 실패했을 때 자기변명의 구실이 되어 일에 끝까지 최선을 다해 보지 않는 때도 있었지만 일과 삶에서 난관이 생겼을 때 다른 방도를 찾는 여유와 약간은 더디더라도 우회해서 목표에 도달하는 지혜를 갖게 해 주었다. 내가 오랫동안 여러 문화 사업을 비교적 큰 실패 없이 해올 수 있었던 바도 바로 아버지로

부터 배워 체득한 '차선책을 염두에 둔 기다림과 인내심'
이 그 비결이었다고 생각한다.

　어머니는 보살이었다. 절에 열심히 다니신 때문만은 아
니다. 초등학교 2학년 여름, 밭에서 일하다 나무 그늘 밑
에서 점심을 먹을 때, 다리며 팔을 기어오르는 개미가 성
가셔 신경질적으로 털어내며 한 마리를 발로 밟아버린 일
이 있었다. 그때 어머니는 놀라 말리면서 기어오르는 개
미를 봉그슴 오므린 손바닥 가운데에 올려놓고 소리만 크
게 내며 손뼉을 치고는 개미를 놓아주며 '너그 동무들한
테 가서 저기 가면 큰일 난다 캐라이' 하시고는 내게 이
렇게 말씀하셨다.
　"그냥 직이뿌리마 뭔지 모르고 개미가 자꾸 올 거 아이
가"
　어머니는 아침저녁 차가운 계절에 설거지하고 남은 뜨
거운 기명물도 식혀서 버리셨다. 내가 왜냐고 물으면 '말
못 하는 버러지들이 울매나 뜨거불끼고' 하셨다. 이처럼
어머니께서 나를 가르치는 법석은 방안이 아니라 밭이고
부엌이고 장독대고 우물이고 빨래터고 밭고랑 같은 모든
삶의 공간이었다.

　어머니의 시부모 사랑은 지극하셨다. 내 기억으로 고부

간의 말다툼이나 할아버지 할머니가 어머니께 불평하는 말, 어머니가 할머니 할아버지 흉보는 말을 들어본 기억이 없다. 집안 어른들의 만류에도 어머니가 우겨서 할머니 돌아가신 뒤 1년 상을 치렀고, 대소변 못 가리는 할아버지의 2년 병시중도 홀로 묵묵히 감당하셨다.

어머니는 일상적인 이야기라도 '밤톨 같은 내 새끼', '깨진 사발 이 맞추기', '담배씨에 홈 팔 놈', '마수원 장날에 거저 주는 참외만 하다' 하는 식의 재미있고도 상상력을 자극하는 비유를 많이 쓰셨다. 초보적 소재라는 시각에도 불구하고 그런 어머니와의 체험은 나의 좋은 글감이자 삶의 형식이 되었다.

나는 살구향 가득한 그 집에서 스물다섯 해를 주민등록상의 주소지로 두고 살다가 결혼하고 직장을 구하면서 창원으로 떠나왔다. 울창하던 두 그루 살구나무 중 한 그루는 누나들 시집가고 할머니 할아버지 돌아가신 뒤 자연고사했고, 나머지 한그루만 외로이 남아 집을 지키다가 이마저 막냇동생이 결혼하고 도시에 정착한 후 얼마 지나지 않아 사라졌다. 여식 셋 다 결혼시켜 떠나보내고 아들 모두 도시에서 삶을 정착하자 집을 고치는 과정에서 아버지는 객지에 살고있는 자식들 승용차가 마당에 맘대로 드나들 수 있도록 원래 사용하던 대문을 없애고 살구나무가 서 있던 반대편 쪽에 새로 대문을 내면서 살구나무를 베어낸 것이다. 그때 어머니께서 '살구나무는 귀신을 쫓는 영험이 있는 데다 오래된 나무라 겁난다.' 라며 베지 말라고 적극 말렸지만, 아버지의 뜻을 돌리기에는 역부족이었다.

오래된 살구나무를 베어내고 새로 대문을 낸 뒤 몇 년 지나 아버지는 뇌출혈로 인한 중병으로 살구나무 등걸처럼 쓰러지셨고 결국 3년간 병상에 누워계시다 새로 낸 대문을 통해 다시 돌아오지 못하는 길 떠나셨다. 그리고 아버지 병구완으로 고생하신 어머니마저 몇 년 뒤 돌아가시면서 고향집은 오랫동안 빈집으로 방치되었다. 그러다 보니 살구향 대신 곰팡내가 집 안 구석구석에 배고 담장이 허물어지는 등 고향집은 점점 폐가가 되어갔다.

이렇게 낡아가는 모양을 보다 못한 막냇동생이 내가 직장을 정년퇴직한 뒤 고향집에 마음을 붙이라고 사용하기 편하게 리모델링하고 나무와 꽃을 심어 새로 단장해주었다. 그런 덕에 한동안 쓸쓸하고 불편한 마음이 들어 깃들기를 회피했던 고향집이 다시 예전처럼 안락해졌다. 오랫동안 고향과 멀어져 있었지만 집은 허물어지지 않고 우리

형제들을 기다려준 것이다.

아버지처럼 허무하게 쓰러지지 않겠다고 의도한 것은 아니지만 나는 오랫동안 살구씨 베개를 베고 자며 세상살이 힘겨울 때마다 고향 '수개리'와 함께 낳고 키워준 살구나무집에서의 옛 기억을 떠올렸다. 그때의 추억은 때때로 나를 울리기도 하고 주저앉고 싶을 때 다시 일으켜 세우는 힘을 주기도 했다.

살구나무 두 그루가 생생하게 살아있던 그 시절은 내가 그리워하는 고향 '수개리'의 핵심 풍경이자 단 한 컷의 영상으로 조부모 부모 그리고 우리 6남매가 풋살구처럼 새콤하고 익은 살구처럼 달곰하고 향기 짙게 살아가던 내 성장기의 모든 것을 설명하는 키워드이다.

시인 성 선 경(成善慶)

- 1960년 경남 창녕 출생
- 1988년 한국일보 신춘문예 시부문 「바둑론」 당선
- 시집 『햇빛거울장난』, 『네가 청둥오리였을 때 나는 무엇이었을까』, 『파랑은 어디서 왔나』, 『봄, 풋가지行』, 『석간신문을 읽는 명태 씨』, 『까마중이 머루 알처럼 까맣게 익어 갈 때』, 『진경산수』, 『아이야! 저기 솜사탕 하나 집어줄까?』, 『옛사랑을 읽다』, 『모란으로 가는 길』, 『몽유도원을 사다』, 『서른 살의 박봉 씨』, 『널뛰는 직녀에게』
- 시조집 『장수하늘소』
- 시선집 『돌아갈 수 없는 숲』
- 시작에세이 『뿔 달린 낙타를 타고』, 『새 한 마리 나뭇가지에 앉았다』
- 산문집 『물칸나를 생각함』
- 동요집 『똥뫼산에 사는 여우』(작곡 서영수)
- 고산문학대상, 산해원문화상, 경남문학상, 마산시문화상 등 수상

E-mail: sunkung11@hanmail.net

제**4**부

그곳에도 쏘가리가 산다네

먹개구리 우는 밤

가갸거겨
고교구규
이제 막 한글을 깨우쳤다고
밤새도록 글을 읽을 참이지요.
눈 어두운 아버지 머리맡에서
심청전 한 권을 후딱 읽을 참이지요.
주룩주룩 주주룩 연잎에 내리는 비
주문같이 연거푸 읽을 참이지요.

까만 밤
길게 목을 빼는 연꽃 한 송이.

달초撻楚

장마철이 되면 꽃도 없이 줄만 나가는 호박밭엘 나가서 철없이 촐랑거리는 내게 어머니는 대나무 장대 하나를 주시면서 한바탕 호박 줄기들을 두들겨 패게 하였습니다. 나는 뜻도 모르면서 재밌다고 난장亂杖을 치듯 패대기를 치면서도 이러다가 이 호박밭이 다 죽으면 어쩌나 어쩌나 했습니다.

한 두어 장날쯤 지나서 혹 호박잎이라도 따려고 그 호박밭엘 가보면 그 참 신기하기도 하지요. 그 줄만 쭉 쭉 나가던 호박밭이 온통 노랗게 별들을 피워내지 않았겠어요. 꽃은 그렇게 피는가 보지요.

오랜만에 아들과 함께 고향엘 가서 넉넉히 저녁을 먹고 산책삼아 나선 그 호박밭. 머릴 들자 하늘 가득 호박꽃이 피었습니다. 저 푸른 하늘은 얼마나 많은 회초리를 맞았으면 저렇게 소복이 호박꽃 별들을 피웠을까요.

아들 딸 나이 차도록 이만큼 키우면서도

너무 애잖아서 손끝도 못 대는 내 손에

애야, 봐라

휙 던져주시는 회초리 하나.

밀밭에서

가을걷이가 끝난 빈 들녘에 서면

한 알의 밀알이 썩어서 온 세상의 풍요를 이루는 것
이다

아버지는 호올로 씨앗을 뿌리고

어둑어둑 깊은 근심으로 걸음을 옮기시는 어머니는

세상의 아득함으로 잠 못 들어 뒤척이는 어린 아들에게

산다는 것은 이 땅을 힘 있게 밟고 서는 거란다 하며

안온한 하루의 이불을 펴주시곤 이마를 다독거려 주
신다

내가 다시 아버지의 밀밭으로 다가서서

왼종일 그리운 이름들을 부르면

하나 둘 별들이 빛날 어둠이 짙어와

만리벌을 다 비추는 만월이 떠오르고

달빛 따라 어느새 쑥쑥

잘 자란 밀밭들이 온 벌판으로 술렁거린다

봐라, 봐! 저것 좀 봐!

나의 꿈결까지 따라와

황금의 밀알들이 점차 눈앞으로 다가와

주먹만해지다가 산만해지다가
껍질을 벗고 하나 둘 애기장수들이 나와
저기 한 필씩 용마를 타고
태백산, 소백산 이 땅의 결박당한
사지를 풀어내는 것이 보인다.
가을걷이가 끝난 빈 들녘에서
아버지는 호올로 씨앗을 뿌리고
느린 걸음으로 어머님이 복합비료를 뿌리면
묶인 허리띠를 천천히 풀고
듬직한 몸매를 일으켜 세우는 한아비 미륵
이마에 한 닢씩 밀닢을 꽂고
세상의 밭을 갈려 가는 농군들이 보인다
한 알의 밀알이 썩어서
일으켜 세우는 한 나라가 보인다
아버지가 가꾸시는 밀밭에 서면.

그곳에도 쏘가리가 산다네

저 맑은 물에 쏘가리가 산다네
글쎄, 저 맑은 물에 어떻게
쏘가리가 산다네. 늘 뭉게구름
피어오를 것 같은 깊은 산 계곡
손을 담그면 푸른 물이
묻어날 것 같은 저 맑은 계곡에
쏘가리가 산다네, 할머니는
늘 허공 같은 얼굴을 하셨지
사람마음 그 끝이 허공,
푸른 허공이라 하셨지
그 허공에도 쏘가리가 사는지
저 맑은 물에 쏘가리가 산다네
글쎄, 저 맑은 물에 어떻게
하고 생각하는 그곳에
어딜 감히 갑자기 손등을 쿡 쏘는
쏘가리가 산다네. 늘 뭉게구름
하나도 걱정 없는 뭉게구름
피어오를 것 같은 깊은 산 계곡

저 맑은 계곡에 쏘가리가 산다네
할머니는 늘 허공 같은 얼굴을
하고 계셨지. 사람마음 그 끝은
허공. 푸른 허공이라 하셨지
그 허공에도 쏘가리가 사는지
글쎄, 저 맑은 물에 어떻게 하고
생각하는 그곳에 쏘가리가 산다네.

새마을회관의 흑백 테레비

밤이면 우리는 왜 몇 마리의 빛나는 야광충이 되지
푸른 나라 푸른 들의 마을 어귀 새마을회관
흑백 테레비 앞으로 분연히 날아들지
혼자 잠들 수 없는 땀띠 난 칠월의 저녁
혹은 우리들이 닿아야할 불 밝은 나라를 찾아
철없는 불나방이 되지
날아들어도 갈 곳 없는
흑. 백. 의. 세. 계.
알면서 왜 알면서 일일 연속극의
슬픈 주인공이나 꿈꾸지
이별이 서러운 춘향이를 위하여
쇠돈짝 마패 하나로 찾아온
당당한 이 땅의 이 도령을 위하여
태극형 부채를 흔들어주기나 하지
잠시잠시 달콤한 졸음에 끄덕이기나 하지
어딘가 우리가 닿아야할 나라
불 밝은 세계를 찾아도 아직 우리가 가진 건
땀띠 난 칠월의 저녁 뿐, 꿈꾸어도 우리는 이미 슬프다

알면서도 왜 알면서도 그 잡놈의 하루살이 떼
모기떼를 쫓으며 밤이면 밤마다
몇 마리의 불나방이 되지.

새농민 체육대회

젊은 마을 리장이 대회장이 되어
우리도 현수막 하나 달아보고 싶었다
농촌지도소와 협동조합을 돌아
게양대 높이 펄럭이는 태극기의 고암국교
흰 광목차일 커다랗게 펼쳐놓고
내가 누구냐 빌려온 앰프로 더 크게
새마을 노래를 불러보고 싶었다
수매 없는 올해의 광보리를 떠올리면서
높으신 면장님의 연설이 끝나면
열렬히 박수나 쳐주다 푸른 새마을 녹색모자를
힘껏 움켜쥐고 하루가 다 저물도록 공을 차다가
술이 돌아 일등 없는 시합을 마쳐도 좋아
희뿌연 양파금 떨어지면 어때
개값의 농우소 자빠지면 또 어때
자장면 한 그릇 소주 한 병이면
우리는 얼마나 젊은 나이냐
이제는 동이도 허생원도 찾는 이 없는
시장터를 돌아 신나게 꽹가리를 두들기면서

영농자금이며 매상수매가격이며
이 세상 왼통 다 잊고 싶었다
고래고래 쌍나발을 불어제끼며
하늘대고 종주먹 주먹감자 먹이면서
더 크게 새마을노래 불러보고 싶었다
높이높이 현수막 하나 달아보고 싶었다.

새마을의 크리스마스

우리에게도 크리스마스가 있었나니
보라 새마을의 앰프에서 울려나오는 성탄절의 노래
생생한 하느님의 나라가 되어
마을 구판장 녹색지붕 위에 잠시 머물다
징글벨 징글벨 구주오신 밤에 떠오르는 십자성을
간간히 영화장면 같은 종소리를 땡 땡 울리다
군인이 되지 못한 방위병들의 짧은 머리칼을 일으키며
다시 징글벨 징글벨 또다른 부대낌으로 달아오르고
젊은 우리는 싸전을 지나 변두리 다방의 늙은 레지를
찾는다
아 지방농림직 구급공무원을 위하여
이 나라의 하느님이 주신 공휴일
첫눈은 더 깊은 의미를 찾아 온 벌판으로 나린다
따뜻한 겨울이 되기 위하여
연말의 보너스로 백 장 연탄을 들이는
유동형님의 노오란 월급봉투 위로
가난한 한 해를 구원하며 흐트러짐 없이 눈이 쌓인다
하느님의 아들딸들의 나라가 되자 세월이 좋아

더 넓은 길은 영남으로 호남으로 끝없이 달려가고
그 넓은 길로 떠나간 처녀들은 구주오신 날의
십이월을 며칠 남겨두고 화장기 짙은 부츠를 신고 돌아
왔다
잔기침과 깍두기 몇 날으로 모이는 노인들의 경로당
그 옆의 간이매점 외상장부 같은 달력을
아 셈하지 말아라 서른을 넘긴 지방농림직
구급공무원의 나이를 셈하지 말아라
새마을 앰프에서는 더 크게 징글벨 징글벨
구주오신 날의 하루 천국이 되어
이 땅의 젊은이들이 모두 취하고
왼종일 탁한 막걸리로 흐려있어도
보라 우리에게도 크리스마스가 있었나니
새마을의 앰프에서 흘러나오는 징 징 징글벨
징글벨 소리.

보리개떡을 먹으며

플라타너스의 마른버짐을 보며
나는 국민학교 오학년이었다
선생님은 분식을 해야 한다고
흑판을 탕탕 치시며 강조하셨지만
운동장 저쪽의 미루나무 잎사귀들은
넋을 놓고 졸고 있었다
4교시를 마치면 볕이 잘 드는 창가에서
반 동무들은 도시락을 풀고 제각기의
젓가락 소리를 내며 자주 밥알들을 튕겨내지만
풀기 없는 나는 언제나 보리개떡이었다
늦잠 든 나를 깨우며 어머니께선
저 미루나무처럼 당당하라고 하셨지만
철없는 아이들은 굴뚝새 한 마리에도 곧잘 웃었고
나는 언제나 머리카락 보일라
꼭꼭 숨어라 플라타너스 등 뒤에서
목이 메었다 화단을 빙 돌아 급수대에서
한 바가지의 샘물을 길러 마셔도
갈 곳 없는 점심시간이 너무 길었다

플라타너스 그늘 아래 부끄러운 이름을 달아매면서
무엇을 할 것인가 마른버짐을 보며
달랑 달랑 불알 두 쪽이 부끄러웠다.

우포늪 왕버들

왜가리 왜가리 하면 왜가리 같고
쇠물닭 쇠물닭 하면 쇠물닭 같고
따오기 따오기 하면 따오기 같은

구름의 형상은 제멋대로여서
내가 그리고 싶은 모양대로 움직이지 않는다

때로는 내가 서있는 자리가 산등성이가 되었다가
때로는 내가 서있는 자리가 대로변의 가로수가 되었
다가

물이 차면 가슴께까지 담그고 논고동을 잡다가
물이 빠지면 물가의 강태공이 되어 낚싯대를 들다가

봄, 봄 하면 새순이 돋고
여름, 여름 하면 휘영청 늘어지다가

때로는 철없는 어린아이

때로는 다 늙어빠진 노인장

왜가리 왜가리 하면 왜가리 같고
쇠물닭 쇠물닭 하면 쇠물닭 같고
따오기 따오기 하면 따오기 같은

눈매 깊은 저 그늘.

시범농고생 조카

빈농의 아들로 태어나
육남매 맏이가 되어
된장국 씨래기로 땀 흘리다 이제는
훌쩍 자라 열일곱 시범농고 장학생 너는 가누나
쌈판에 나서는 장닭처럼 당당히 깃털 올리고
마늘금 떨어진 십리 장터로 너는 가누나
풍선으로 만장한 양파꽃 들녘을 지나
너의 꿈은 여전히 자작농가의
유언비어 같은 복지농촌이지만
너는 몰라라 오엽송 분재 한 그루
드문드문 어색히 박힌 민둥산같이
농막에 코 박고 사는 우리 생애를
째지면 솔이고 맥히면 팔쭉인 것을
낮게낮게 흘러서 풋새로 몸을 가린
농투산이를 너는 몰라라 마늘금 떨어진 십리 장터로
너는 가누나 양파꽃 마늘논 들깨밭을 지나서
창녕읍 송현동 북창교를 지나서 교련복장에
삽자루 화훼원예 2급 기능사 자격증 하나

핫둘핫둘 구령 붙이며 발맞추어
당당한 아침으로 너는 가누나
튼튼한 농우소 너는 가누나.

수작

꽃과 나비가 서로 어르고 있다. 한 번은 네가 꽃이었다
가 나비되고 한 번은 내가 나비였다 꽃이 되어 어르고 있
다. 저리 가거라 뒤태를 보자. 한 몸이었다가 또 두 몸이
었다가 수작酬酌들이다.

어머님이 만드신 베갯잇 이야기다. 모란에 긴꼬리명주
나비 한 마리 춘향인 듯 몽룡인 듯 서로 어르고 있는 이
야기다. 어쩜 그렇게 살고 싶다는 뜻인지 손으로 한 땀
한 땀 수繡를 놓은 수작手作이다.

손수 수繡를 놓듯이 누군들 그렇게 살고 싶지 않을까만
어머니 평생은 베갯잇같이 그렇게 살갑지 못했다. 누구나
수繡를 놓듯이 일생을 살 수 있다면 다 수작秀作이겠다.

방아깨비나 강아지풀 같은 시詩
비스듬히 한 편 적어두고
나도 수작酬酌을 부린다.
이리 오너라 엎고 놀자.

114

어르고 어른다.

달랑게

어머니는 늘 바빴다. 봄날처럼 바빴다. 밭으로 논으로 종종거리며 할미꽃이 될 때까지 흙을 파고 계셨다. 하늘 한 번 쳐다볼 틈이 없이 늘 진흙바닥에 코를 박고 있었다.

어머니는 늘 수건을 쓰고 있었다. 투구처럼 쓰고 있었다. 한 번도 맨 이마를 내보인 적 없이 늘 수건으로 가리고 있었다. 수건이 하늘이었다.

봄날은 소리 없이 훌쩍 가는 데 꽃은 벌써 다 지고 말았는데 죽어라고 진흙바닥에 코를 박고 있었다. 밀물이 들어도 썰물이 들어도 진흙바닥에 코를 박고 있었다.

꽃이 펴도 봄날
꽃이 져도 봄날
꼬질꼬질한 몸빼바지 하나
갯바닥을 건너가고 있었다.

청명清明

청명清明에 왠 비가 사돈댁 큰손님같이 조용히도 온다며 초가집 처마 밑에서 나는 뒤란의 대 죽순竹筍 자라는 소리를 듣고 마당의 닭들은 촉촉이도 젖어 모내기를 하다 참 가지러 온 남지댁 꼴을 하곤 댓닢을 그리며 돌아다닌다. 오랜 대추나무같이 늙으신 사랑의 할아버지 곰방대를 톡톡 털다가도 생쥐같이 귀가 맑아져 우우 터줏대감 능구렁이의 울음소리도 알아듣곤 야야 이게 무신 소린고 닭발같이 꼬꼬 마른 손주를 불러 앉히고 한식寒食이 낼인가 모랜가 증조모 산소 걱정을 다하시며 기억도 청명해져서 어흠 어흠 목청을 틔우다 일 년 이십사절후二十四節候를 한 번 쭉 외워 보시고는 철을 알아야 한다며 철없는 아들 걱정을 다 하신다.

아마 한 이천년도 전부터
다음 한 이천년도 더 후까지
자자손손子子孫孫들
두루두루 수명복록壽命福祿 다 붙이시며
자주 먼 곳을 보시던 할아버지.

마음에 길을 내다

누대로 이어진 세거지에서도
굽은 남기 선산을 지키듯
저렇게 얼마간 굽은 길들이 아름답다고
굽고 휘어진 것들이 온전하다고
아주 사십 고개도 훨씬 넘어서야 알아채곤
향교에서 고개 넘어 걸어가는 억만리 청학동
자연스럽게 욱어진 산길 같은
내 꿈길로 마음 찾아갑니다.

마음의 내 길도 펑퍼짐하게 쪼그리고 누워 되새김질을
하는 암소같이 암소의 등허리같이 아주 조금 휘고 굽게
그려봅니다. 사랑하는 마음도 저 화살같이 과녁을 향해
곧바로 달려 가며는 어쩜 가슴 한 켠이 화살을 맞은 것처
럼 우 우 겁이나 몸을 틀어 먼저 피하고 싶은 것 아니겠
냐고 조금은 머뭇거려지는 만큼 에둘러 한 호흡 늦추어봅
니다. 마음 속 탁구공 같이 수없이 직선으로 왔다갔다 치
고받았던 말들도 어쩜 하고 풀이름이나 나무 꽃 이름들로
빗대어 두 발자국 쯤 다가갔다 한 걸음 쯤 물러나 봅니

다. 조금이라도 빗나간 것은 빗나간 것이란 말도 조금 인
간적이었다거나 낭만적이다 라고 바꾸어봅니다.

물러났다 다시 다가오는 파도같이
우리 사랑은 결국 울렁거리는 것 아니냐
수평선이나 지평선같이
잠깐 의심이 드는 만큼 휘어지면서.

호박밭

비 오는 날은 공일이라고 민화투라도 치는지 늙은 엉덩
짝들이 모여 앉았네. 아주 평상에라도 나앉았다는 듯 군
입거리를 다시 듯 쩝쩝거리며 엉덩짝들이 모여 앉았네.
며느리 흉이라도 보는가 저희들끼리만 소곤소곤 아주 귀
엣말 하듯 모여 앉았네.

웬 할머니들이 단체로 오줌을 누는가? 추적추적 비 내
리는 날 다 찌그러진 우산을 쓴 듯 안 쓴 듯 언덕배기에
엉덩짝을 까고 오줌을 누는가? 이젠 아주 부끄러움도 없
다고 엉덩짝을 툭 까고 히히거리는가? 손 안대고 누가 멀
리 가는가 오줌발 시합이라도 하시는가?

아이쿠! 민망도 하시지
아들 딸 다 키우고
손자 손녀도 다 봤다고
인젠 얼굴도 가슴도 볼품없다고
아예 엉덩짝까지 다 보이시는가
할머니도 참.

제 5 부

화왕 낙조

한여름 밤

소싯적 평상에 누워 하늘을 봐
들꽃같이 들꽃들같이 별들이
사방이 스물 스물 가운데는 백 백
나는 다 헬 수 없는 이백팔십 갠가
수박씨같이 다 헬 수 없이 툭 툭
사방이 백 백 하고 가운데는 스물 스물
나는 다 헬 수 없는 사백사십 갠가
나는 별을 보고, 별은 나를 보고
별 하나 나 하나 스물 스물 백 백
소싯적같이 평상에 누워 하늘을 봐
들꽃같이 들꽃들같이 별들이
마음에 맺히는 스물 스물 백 백
백 백 스물 스물.

청학淸鶴

나는 다시 고향에 돌아가지 못 했네
한 마리의 연어처럼 물을 거슬러
고향으로 돌아가지 못 했네

콩깍지로 콩을 삶는 슬픔

나는 햇살 바른 담장아래 나뭇벼늘을
연어의 비늘처럼 켜켜이 쌓아놓고
흐뭇한 눈길로 아궁이 가득
장작불을 지피며 귀거래사를
흥얼거리고 싶어 했지만

나는 다시 고향으로 돌아가지 못 했네

나뭇벼늘은 차곡차곡 포개진 채로
내 가슴 갈비뼈 아래에서 말라가고
외딴 바닷가 바위 위의 따개비처럼 나는
돌아갈 회回, 돌아갈 회回 웅얼거리며

밀려드는 물결에 쓸리고만 있네

큰 슬픔이란 입 안에 입이 갇히는 일

나는 다시 고향으로 돌아가지 못 했네
한 마리 길 잃은 양처럼.

화왕산 억새풀

누군가는 산 그림자 젖은 네 눈매에서
가을의 우수를 읽어가고
누군가는 네 여윈 손짓에서
오래 마른 책갈피 속 꽃잎 같이
바스락거리는 사랑의 추억을 읽어가지만
옥안운발玉顏雲髮도 그리움이 있다면 꽃피는 나이라고
나는 끝끝내 달리고 싶은 천리마의 휘날리는 갈기이고
싶었으니
아직도 한창이라고 고개 빳빳이 들고 칼칼한 날을 세우
고 싶었으니
우우우 먼데서 오는 편지같이 늦은 그대여
마른 내 입술에서도 봄 같은 그리움을 읽어라
그리움 곁에 물든 저녁노을의 마음을 읽어라
대저 사랑이란 그리움처럼 봄의 풀물이 나를 물들이
거나
그 풀물이 또 다시 너에게로 번져 옮아가는 것
우리 모두 마주보면 다 그리움 하늘거리는 마음 하나
그것 아니냐 네게는 시월의 중순쯤이었거나

네 생애의 한 고비를 갓 넘겼을 때였거나
그랬다 해도 저 하늘 흔들며 흐르는 그리움
다시 읽어라.

수구레국밥

살코기도 아니고 비계도 아닌
풍요도 아니고 가난도 아닌
저 뜨거운 한 그릇
한 끼도 아니고 새참도 아닌
밥도 아니고 국도 아닌
저 칼칼한 한 그릇
소를 팔러 온 사람이나
소를 사러 온 사람이나
다 같이 둘러 앉아 수저를 드는
저 기름진 한 그릇
흥정이 끝난 사람이나
흥정이 시작되는 사람이나
모두 다 그 끝에 만나게 되는
저 뜨거운 한 그릇
자! 여기 건네는
수구레 수구레
시원섭섭한 국밥 한 그릇.

창녕 장날

그때 나는 초등학교 5학년이었다
명덕국교 앞
장날이면 닭전이 열리고
중국집엔 연신 짜장면을 뽑아
척 척 그릇그릇 담아내고 있었다

마른버짐이 가득한
플라타너스 그늘아래서
동전 한 푼 없는 호주머니의
초등학교 5학년

동그마니
석빙고 구릉을 올려다보면
해는 중천에서 해맑고
나는 쩍 쩍 손에 달라붙는
박하 엿이 먹고 싶었다.

화왕 낙조

저 질펀한 것
누구의 슬픔으로 단청을 한 것이냐?
어물리들을 다 물들이며
갈앉자 속으로 울먹이는 저 설움
어디서 움튼 것이냐?
비사벌의 유물인 고분군을 넘어
토평천을 따라 흘러 흘러서 서녘
우포늪에 닿아 쌓인 저 것
저 커다란 적요
누구의 한이 첩첩 갈앉은 것이냐?
가서는 돌아오지 않는 어제
소식의 기미도 주지 않는 내일
속울음 우는 사내 같기도 하고
행주치마를 적시는 아낙 같기도 한 저 것
저 질펀한 것
누구의 슬픔으로 단청을 한 것이냐?
관룡사의 범종을 울리는 저녁
내 가슴도 붉고 붉다.

상처가 많은 진흥왕순수비

만약, 바위 같은 사내가 있었다 치자
그 앞에 또 망초꽃 같은 여자가 있었다 치자
두 눈이 우연히 마주쳤다 치자
아니 깊은 입맞춤을 하였다 치자
입맞춤 뒤에 손가락을 걸었다 치자
그 뒤로 천년이 지나도록
사내가 혹은 그 망초꽃 같은 여자가
서로를 못잊어 온몸에
생각의 문신을 넣었다 치자
그러면,

가지 못할 길을 가기 위하여
가야할 길을 버린 사람아
어디에 마음의 뿌리를 묻었느냐
묻고 물어도 잡히지 않는 생각의 그림자
남겨두고 떠나온 길처럼 아득하여서
나누어도 나누어도 가벼워지지 않는
마음의 상처여.

화왕산을 몇 번이나 올랐느냐고요

창녕이 고향이라니까 글쎄
사람들은 늘 화왕산의 안부를 묻곤 하지요
화왕산을 몇 번이나 올랐느냐고요
나는 대답 대신 한참 생각에 잠기지요
생각하면 꼭 어머니 같은 산이어서
갈 곳 없으면 가고 심심하면 올라서
그게 꼭 몇 번인지를 알 수 없고요
봄, 가을 소풍도 마땅히 갈 곳이 없으면
으레 화왕산 어디 그쯤 이었으니까요
그런데 나는 정말 화왕산을 한 번 올랐었지요
어버이날을 앞둔 일요일 이었지요
그날이 글쎄 공교롭게도 어린이날이었는데요
나는 아내와 아이들을 데리고 고향엘 갔지요
어버이날엔 오기가 어렵다고 말씀드리고
마늘밭으로 향하시는 어머님을 모시고
나가서 점심이나 먹자고 외식을 권했더니
뜨거운 설렁탕 한 그릇을 잘 드시고는
신발을 단단히 조여 신고는 글쎄

화왕산을 오르시제요
칠십 노모가 앞장을 서시는데 낸들 도리가 있었겠어요
이제 하루하루 기력이 떨어지신다며
손주놈 손잡고 꼭 한번 오르고 싶어셨데요
나는 참 어머니가 어찌될까 뒷다람 뒷다람
아무 생각도 없이 따라 오르는데요,
내 아들놈이 할머니의 이 마음을 알까
생각을 잠시 하다 아서라, 아서라 그랬었지요
저도 자라면 사람들이 고향이 어디냐고,
화왕산은 몇 번이나 올랐느냐고
안부들을 듣곤 하겠지요 그랬습니다.

머슴날

　그래 형님 내 머리를 잘라서 달비전에 팔아도 소주 한 잔은 사꾸마 그래 형님 내 이마를 잘라서 도마전에 주어도 소주 한 잔은 사꾸마 그래 형님 내 눈썹을 깎아서 붓대전에 팔아도 소주 한 잔은 사꾸마 그래 형님 내 코를 잘라서 굴뚝전에 팔아도 소주 한 잔은 사꾸마 그래 형님 내 팔을 잘라서 갈퀴전에 팔아도 소주 한 잔은 사꾸마 그래 형님 내 혓바닥을 뽑아서 신발 밑창으로 팔아도 소주 한 잔은 사꾸마 그래 형님 내 다리를 잘라서 괭이전에 팔아도 소주 한 잔은 사꾸마 그래 형님 내 입을 오려서 나발전에 팔아도 소주 한 잔은 사꾸마 그래 그래 사꾸마 소주 한 잔은 사꾸마

　그래 네 작은 몸뚱이 위에
　어찌 그리 큰 집이 올라앉았는지
　달팽이 한 마리 기어간다
　온몸이 다 빛이 되어
　큰 집 한 채 짊어지고 간다.

매춘賣春

　나는 어질머리를 앓는데 막 웃기 시작한 매화梅花 보니
기막히다 어허 저런 우물같이 깊은 내 우울 너 사가라 갓
입대한 이등병같이 노란 개나리 떨긴 왜 떨어 봄바람에
눈 뜨고도 흐릿한 황사 너 사가라 이제 잎눈 났다고 어질
머리 흔들어대는 버들 어금니 꽉 깨물어 바람 빠진 풍선
같이 볼품없는 이 치통齒痛 너 사가라 빼앗긴 들에도 봄이
왔다고 저 어지러운 아지랑이 보리밭 뭘 하잔 짓거린가
이 가난 너 사가라 향교고개 늙은 모과나무 새잎 돋았을
거라고 아슴아슴 벌써 고향 길 넘어가는 향수 배배쫑쫑
쫑다리 너 사가라

　관절염을 앓는 어머니 약 한 첩 못 사드리고
　일요일 전화통만 붙잡고
　잘 지내시죠 하고 끊는
　끊는
　봄

　옛다 너 사가라.

마름

우포에 가면 만날 수 있지
별같이 생긴 것
1억 5천만 년의 침묵이 토하는 말의 가시 같은 것
철모르는 아이들은 물밤이라 칭하며
삶아서 까먹기도 하는 것
우포에 가면 만날 수 있지
마름쇠같이 생긴 것
침묵의 가시가 별같이 뭉쳐진 것
장마철이면 물가로 밀려와 둥둥 떠다니며
발바닥을 찌르기도 하는 것
1억 5천만 년의 고생대 식물이기도 한 것
우포의 심장 같은 것
우포늪가의 농부가 토해놓은
눈물의 퇴적물 같은 것
쓰린 배알 같은 것
우포에 가면 만날 수 있지
별같이 생긴 것
인생의 밑바닥 같은 것

아스라한 추억 같은 것.

대구

암
면장집은 처음부터 우리와는 달랐지

어디 시렁 근처 대구 한 마리 척 걸어두면
이게 어디 명태나 조기 같은 생선이냐고
장원급제 사모 위의 어사화쯤 되어서
바람 분다고 떨어질 꽃잎이 아니지

빼빼 말라 비틀어져도 생원, 진사쯤은 된다고

수염 한 올에도 양손을 허리춤에 척 뻗히고 서면
우리는 소작인 같이 절로 허리가 굽혀지고
눈이 슬슬 내리깔리는 거지

처음부터 달랐던 게지

굽은 소나무 한 그루

 그래 늘 그곳에 있었지 봄 여름 그리고 가을 겨울 사철 풍경을 다 담아내고 있었지 아직도 지게목발 내던지지 못하고 있었지 선산발치쯤 벌초하는 밀짚모자같이 있었지 낡은 호미같이 등이 굽어있었지 가끔 소문처럼 새 한 마리 불러들이거나 날려 보내며 헛간의 녹슨 낫같이 오래오래 있었지 그냥 향교 고개 마루를 쳐다보고 있었지 눈곱이 낀 눈으로 가끔 하늘을 쳐다보곤 했었지 아침이나 저녁 꼬리 긴 그림자같이 있었지 너무 오래 그곳에 있어 가끔은 잊고 있었지 망두석 같이 까마득히 있고 있었지 그래 늘 그곳에 있었지

 노을이여
 주루룩 눈물지는 옷자락이여
 잊었다고 말해도 잊혀질 수 없는
 너무 낡은 풍경이여.

화왕입산火旺入山

떠나간 길들은 돌아오지 않는다
가을산에 드는 사람은 가을산보다 깊어서
잊고 지내왔던 추억의 주머니를 뒤져보지만
이미 산 속에 든 사람은 되돌아오지 않는다

사람마다 각기 제 이름표를 달 듯이
사람마다 제각기 마음의 눈도 달라서
저기 바위다 하면 바위같고
성城이다 하면 성벽城壁같다고
포즈를 잡고 사진기를 들이밀지만
천년의 무게 들을 귀 어디에도 없으니
눈을 닦아도 늙은 갈대의 손짓만 흔들거린다

눈을 들어 산정山頂을 보면
출항을 멈춘 배는 닻을 내리고
이쪽 천 년과 저쪽 천 년의 길을 가로막아
먼저 간 사람들의 신발 한 짝 남겨두지 않았으니
때로는 세월이라는 것도 저 바위 같아서

산에 들어도 산에 든 사람 만날 길 없다

야호
야호
하늘에다 길을 낼 듯이 고함을 질러도
선명히 찍혀있는 발자국 하나 찾지 못하고
어서 돌아오라고 세상사람 사는 마을의
불빛들이 손짓하듯 별을 다는 저녁 무렵

목마산성의 갈기를 되밟으며
저승꽃인양 밤눈 어두운 돌이끼에 귀 붙이고
떠나간 사람들의 발자국 소리
가만히 엿들어 본다.

관룡사의 봄

백목련이 부처님 미소같이 맑게 피어서
산사 초입의 석장승의 이마가 환하다
절은 아직 먼데
예불소리 여기까지 청아하니
관룡사 뒷산 병풍바위가 우뚝하다

성큼 다가서는 용선대

곧 진달래 필 듯하다.

제 6 부

미루나무에 노을을 붙들어 매며

도마

합천군 청덕면 소례리 그 깊은 산중에서
철도 모르고 잘려왔을 나무 한 그루
잎도 가지도 다 버리고서
무슨 신행 가는 기분으로
그 중 속 깊은 한 토막만 왔을 터

이렇게 온 몸으로 칼을 받아야하는 줄도 모르고 왔
을 터

한 평생 온 몸으로 칼을 받으면서도
제 몸에 난 칼자국보다
모두 나 때문에 칼을 맞는다고
내 탓이요 내 탓이요
부뚜막에 올라 우는 어머니
아주 속 깊은 나무 한 토막.

가난한 추석

저기 하늘 가득 차려진 밥 한 그릇
고봉으로 수북이 담아 올린 쌀밥 한 그릇
손 모아 간절히 치성致誠 드리오니
천지신명은 응감하시라
조상선영신은
부디 응감하시라.

호랑이 가죽

어쩌지, 연화당 아씨였던 우리 어머니 한 평생 논 갈고 밭 갈아서 아들 삼형제 재실齋室 상기둥같이 키워놓고도 호피虎皮방석은 커녕 개가죽 방석에도 앉을 여가 없이 동동동 아직도 바쁘기만 한데. 어쩌지, 연꽃 같던 어머니 얼굴에 벌써 호반무늬 새기셨네. 아아 어쩌지, 어머니 한 평생 어쩌면 아들 호피방석에 한 번 앉히려고 짚방석에도 제대로 못 앉으셨는데 이제 어머니 스스로 호피방석이 되셨네. 아아 어쩌지, 어머니의 한恨이 문신文身같이 새겨져 나는 어쩌지. 너도 가슴에 원추리꽃 같은 거 하나 제대로 심어놓았니? 묻는데 나는 어쩌지. 아직 입춘立春 파종播種도 못했는데 어쩌지. 어머니 벌써 호피방석을 깔아놓으셨는데 어쩌지.

아주 내 가까이에서
걸어서 길을 만들고
끝내 그 끝으로 걸어가 길이 된 사람
호랑이 가죽이 된 사람
어쩌지.

평행平行

장마가 그친 시골집 마당에
하나, 둘, 셋
솟아오른 돌멩이
어머니는 모난 정수리들을 흙으로 덮고
나는 호미로 괭이로 파헤치며 상처를 만든다.

"애야 모난 돌들은 이렇게 흙으로 덮어야지"
"마당을 그렇게 파헤쳐 상처를 만들면 못 쓴단다"

어머니는 뭔가 아쉬워 말씀하시지만
젊은 나는 한 귀로 흘려들으며
호미로 괭이로 돌멩이를 캐 모아
마당 한 켠에 돌무더기를 만든다.

세상을 산다는 것은 어쩜
평평히 마당을 다스리는 일

장마가 그친 시골집 마당에서

어머니는 덮고
나는 캐내며
편편히 마음을 다스리는 일

서로 다른
이 뭐꼬.

제미祭米

참 우리 동네는 재미나는 도깨비이야기만큼이나 참 많은 신神들도 함께 살아서 사람 반 신명神冥 반 어울려 살았는데요 그래서 늘 밥 한 술만 떠도 고씨례 고씨례 하고 신명 대접을 하곤 했는데요 무슨 무슨 날이다 하면 한 상잘 차려서 터줏대감 조왕신 정랑신까지 골고루 찾곤했는데요 그 중 내가 제일 좋아하던 날이 제미祭米를 하던 날이었는데요 쌀신명 대접한다고 흰 쌀밥에 칼치국에 나물 한 대접을 놓고 먼저 절을 두 번하고 손을 싹싹 빌면서 할머니께서 무어라 무어라 주문呪文을 외면 나는 아무런 의미도 모르면서 분수처럼 마구 흥이 솟지 않았겠어요 제사祭祀가 끝나면 쌀밥에 칼치국을 아주 소원처럼 먹을 욕심으로 나도 할머니 따라 싹싹 빌곤 하지 않았겠어요 그러고 며칠 지나지도 않아서 마음이나 속이 허한 날이면 봄도 여름도 없이 할매 우리 또 언제 제미祭米 하노 묻곤 하지 않았겠어요 그러면 할머니는 그래 그래 좀 있다가 그러면 금방 참 시원한 칼치국물이 목을 타고 시원히 내려가곤 하지 않았겠어요 참 쌀밥 한 그릇에도 천지신명을 다 담았던 키가 작아 더 커 보였던 할머니.

지금도 내게는 봄바람처럼
할머니 신명이 늘 불어와
아이구 우리 장손 하며 머릴 쓰다듬고
나는 깜짝 깜짝 할머니 할머니 부르고.

씨암탉 한 마리

　할머니 오랜만에 닭 한 마리 잡는데 무슨 큰 황소나 한
마리 잡듯 분주한데 늦잠에서 갓 깬 나는 무슨 일인지 모
르고 겁먹은 황소 눈알같이 두리번거리는데 키가 작은 할
머니는 종종걸음으로 부엌으로 우물로 봄날 병아리같이
바빠 힐끗 잠시 나를 본 듯 애야 모산할배 오시래라 광산
할배 오시래라 모산할매도 오시래라 합산아지매도 오시래
라 온 동네 노인들을 부르시는데 나도 동생들도 멋모르고
신이 나서 모산할배요 아침 자시러 우리집에 오시래요 아
침 이른 골목을 뛰어다니는데 그새 할머니는 씨암탉 한
마리로 서말찌 가마솥 가득 닭국을 끓여서 척척 오시는
분마다 한 그릇씩 대접하시는데 어르신들께선 그 국물만
멀건 닭국 한 그릇 후딱 해치우시곤 그 참 대접 잘 받았
다고들 수인사를 하시며 곰방대 한 대씩 물고 나오시는
데 온 동네 어르신 다 나눠 먹고도 그 닭국은 한 그릇이
남았었는데 할머니는 어디서 구했을까 그렇게 큰 닭 한
마리

　고향 집의 감나무

까치밥이 빨갛게 익어 갈 무렵이면
지금도 내 머리 속엔 씨암탉 한 마리
구구 구구 구구구 돌아다니는데
이리 온 이리 온 종종걸음에
아주 키가 작았던 할머니.

비름나물

내가 아침 참에 소꼴 한 짐을 해 놓고 책보따리를 챙겨
삽짝을 나설 때
그게 그렇게 부러웠다는 작은 고모

늘 열무김치국물이 책보를 적시던
그 시오리길이
찔레꽃처럼 환하기만 한 것은 아니었는데

김밥 한 줄 없이 봄소풍을 가던 날
그게 또 그렇게 부러웠다는 작은 고모

들기름에 조물조물 무쳐서는
양푼이에 척척 비비면서
너도 한 숟갈 해볼래?
하고 묻곤 하던
나 보다는
한 서너 살 밖에는 더 먹지 않은 작은 고모

참 세월도 빠르지 내일 모레면 칠순

소꼴을 베려 가면 그 많던 비름나물은
다 어디에 갔나? 내 마음은
아직 똥뫼산 그 근천데.

봄, 풋가지 行

　도야를 지나 우천, 우천을 지나 중대, 중대를 지나 칠월, 칠월 지나 계팔, 계팔을 지나 미실, 미실을 지나 풋가지, 솔가지 물오른 풋가지 간다.

　외로 굽어도 한 골짝, 우로 굽어도 한 골짝, 눈썹 고운 여자를 데리고 첩첩산중.

　여기도 한세상 숨어 있고, 저기도 한세상 숨어 있고, 고사리 순이나 꺾으며 한세상 숨어 있고, 넌출넌출 실배암 기어가듯 칡넝쿨 자라는 소나무 아래 장기판이나 놓고 여기도 한세상 저기도 한세상.

　여기 장 받아라 초나라가 이겨도 한나절 한나라가 이겨도 한나절.

　눈썹 고운 여자랑 때늦은 점심상에 상추쌈이나 한입 불쑥불쑥 움켜 넣으며 한세상 살았으면,

도야를 지나 우천, 우천을 지나 중대, 중대를 지나 칠월, 칠월 지나 계팔, 계팔을 지나 미실, 미실을 지나 풋가지, 솔가지 물오른 풋가지 간다.

여기도 한 첩妾
저기도 한 첩妾
첩첩산중妾妾山中 풋가지 간다
솔잎같이 짙은 고운 눈썹 만나러 봄날 풋가지 간다.

바늘귀

생활의 때가 꼬질꼬질한 손수건에서
비둘기를 꺼내는 마술사처럼 지전紙錢 몇 장
할머니 가는귀 엿듣네

구경꾼도 몇 안 되는 시골장터

아버지는 낙타를 타고 바늘귀 속으로 들어가
먼 아라비아 사막의 노가다 십장
야자수 한 그루
모래등의 배경사진에 박혀
돌아와 돌아와 듣지 못하고

막내는 자주 체하여 손등을 따네

서늘한 손바닥으로 등을 쓸어주시던 어머니
생활의 터진 솔기 사이를 기우며
저기 나무 송松하면 한 마리 학이 내려와 앉고
저기 꽃 화花하면 모란꽃 위로 긴꼬리명주나비 한 쌍

나는
간혹, 어머니의 한숨 못들은 척 하네

미루나무에 노을을 붙들어 매며

그대 그러지 마시게
해가 진다고 마음도 노을이 들까

깔고 앉은 바위에서 엉덩이를 들어
툭툭, 돋아나는 별들을 가리키며
돌아서면 아직도 아쉬운
노을 같은 사람아

그대 그러지 마시게
해가 산을 넘는다고 그리 쉬 잊힐까?

나는 아직도 지는 해를 붙잡아
뜨거운 손 놓지 못하는데
그대 그러지 마시게

어이 무정한 들꽃은 손을 흔드는가?

그대 부디 그러지 마시게

한 잔 술에도 붉어지는 얼굴
아직 다 보여주지 못했는데
뭐가 그리 급하다고
걸음을 옮기는 사람아

마음의 귀를 잡으면 첩첩하고
생각의 눈을 잡으면 회회한데

나는 미루나무 등걸에 해를 묶고
손으로 저 하늘을 다 가려
보라 별 돋는다, 그대 말씀 가리고 싶은데.

달 따러 가는 저녁

어머니는 웃음 한 번으로 어떻게
수천 두락의 논뙈기를 만들 수 있는지요
삿갓배미, 치마배미, 짚신배미
조각보처럼 박음질한
다랭이논 쫄래쫄래 따라오고요

하늘을 오르는 계단이
저렇게 주름졌나요

일렁거리는 벼이삭들도
수수수수수
손주처럼 간지럼을 탑니다

굴참나무는 굴참나무끼리
너도밤나무는 너도밤나무끼리
제 그림자에 넋을 놓고 자마졌을 때
개 꼬랑지에 휘휘 감기는 저 구름들
무슨 생각 저렇게 물들었나요

어머니 땀 좀 닦으셔요
수건을 건네자 일렁거리는 하늘

세상이 참 환해집니다.

늘 기다리는 향교 고갯길

떠나간 길들은 돌아오지 않는데
주정꾼만 남고 검정고무신 한 켤레 돌아오지 않는데
늙은 모과나무 까치밥 하나 남고 다 잊혀졌는데
닷세마다 돌아오는 장날이 되어도
썩은 간갈치 한 두름 지나가지 않는데
박하엿 기다리는 조무래기 한 놈 모여들지 않는데
대처에서 지친 부랑배 하나 돌아오지 않는데
떠나간 길들은 영영 돌아오지 않는데
하다못해 티눈 박인 발자국 하나 돌아오지 않는데

담배꽁다리만한 노인 하나 노을을 비스듬히 가로막고

나는 한 그루 늙은 모과나무다 다시 꽃 필 것이야 기다
리다 떠나는 기차도 놓치고 보통이도 놓치고 손이나 흔들
어주는 한심한 한 그루 늙은 나무다 저기가 양지 녘인데
주접조차 떨지 못하는 내게도 꽃다운 시절이 있었노라 푸
념조차 못하는 한 그루 늙은 모과나무다

오랫동안 돌보지 않은 빈집처럼 천천히 무너지는데
해 져도 달 뜨지 않는 그믐처럼 점점 어두워지는데

옛다 돈 받아라
옛다 돈 받아라
정강이를 걷어차는 청석길.

광택약장수 김씨

우리 사는 세상도 저렇게 순식간에
빛날 수 있을까 젖은 수건 하나로
삽시간에 번쩍번쩍 광을 내는 신비로운 김씨

그네의 말을 빌리면
처녀의 기미 주근깨 빼고는
모두 지워진다는데
정말 그럴까 천 원 한 장의 광택약光澤藥을
물 젖은 수건에 묻히고
흥부놈 박 타듯이 스르렁 스르렁 슬쩍
손끝만 닿아도 다 지워질까
가슴가슴 속끓는 우리네 수심愁心도
오뉴월 질경이 같은 우리네 삶도
다 지워질까 할아버지의 저승꽃을 빼고는
모두 지워진다는데

오늘은 오가는 사람들로 붐비는
시외버스 터미널 한 켠에 자리를 펴고

어떤 사람은 이 광택약으로
삼천만원 아파트를 닦아
육천만원에 되팔았다고
능글능글 사람들을 웃기는데

정말 우리 사는 세상이 저렇게 빛날 수 있다면
젖은 수건 하나로 슬금슬금 온갖 때들이 지워진다면
내가 잠깐 한눈을 팔아 꿈꾸는 동안
순식간에 번쩍번쩍 광을 내는 신비로운 김씨.

경상도 사투리

그래, 우리 기쁘게 만날라치면
아이구 문둥이다. 툭사발이
마마 곰보자욱의 보리방구다.
노름 숭년의 장리쌀 야반도주도
취발이 곰배팔이 얼싸안으며
이 망할 것아. 한마디 툭 던지면
쏘내기 한마당 시원히 약 되듯이
찬밥에 땀 흘리는 풋고추도
오뉴월 막장에 배부른 악담도
아이구 문둥아 문둥아 달려오면
보라, 비 개인 두척의 청정한 솔잎파리 하나
맺힌 물방울들을 썩 걷어치우는 것을
보라, 우리가 저 산같이 성큼 다가서
서로를 문드러지도록 맞부빌 수 있다면
청보리면 어떠랴 문둥이면 어떠랴
해방둥이 김서방이 짐서방이 되어도
동란둥이 최서방이 치서방이 되어도
취발이 언청이 문둥이라도 좋을

우리말이여, 경상도 사투리여.
그래, 우리 기쁘게 만날라치면
아이구 문둥이다. 툭사발이
마마 곰보자욱의 보리방구다.

검은 소로 밭을 가니

어둡지 않은가 여기 지금
꽃은 봄비에 젖고 여윈 봄날은
용서 없이 간다네. 너는 꽃빛의
풍경을 두르고 나는 젖은 우산을 걷네
어둡지 않은가 여기 너는 강물을 휘돌아
주막에 들고 나는 소잔등을 때리며 밭을 가네
봄비는 꽃잎을 적시고 나는 젖은 풀잎으로
소를 몰며 이려, 이려 쟁기의 보습을 드네
어둡지 않은가 지금 여기 소는 꼬리로
파리를 쫓고 나는 눈길은 꽃에 머무네
밭은 여기서 저기까지 팔백 평
내 마음은 두 셋 꽃에 머무네
어둡지 않은가 여기 지금
사랑은 머무는 것이 아니라
노래 가락처럼 지나가는 것이라
너는 강물을 휘돌아 주막에 들고
나는 소잔등을 때리며 밭을 가네
너는 가고 나는 밭을 가네

쟁기의 보습은 무겁고 그대
봄날은 나비같이 가벼워
어둡지 않은가 여기 꽃은 봄비에 젖고
여윈 봄날은 용서 없이 간다네.

내 영혼의 팔레트, 창녕

성 선 경

세상에 태어나 알아야 할 규범은 일곱 살이면 다 배운다는 말이 있다. 그렇다면 지금의 나를 만든 것은 고향이다. 나는 스무 살까지 고향에서 할아버지, 할머니, 아버지, 어머니를 함께 모시고 창녕에서 중고등학교를 다녔다. 한번도 고향마을을 떠난 적이 없었다. 내가 고향을 떠난 것은 대학 진학 후의 일이다. 대학 진학 후 내 삶은 내 뜻대로 움직여지지 않았다. 무엇인가 큰 힘이 나를 이끌어 가는 듯 했다. 나는 지금 예순을 넘긴 나이지만, 내 인생의 밑그림은 이미 그때 다 그려지고 채색되었을 것이다.

중고등학교 보충수업을 마치고 논둑길을 걸어오면 넘실대던 보리밭, 아직도 코끝이 찡한 양파꽃 냄새, 가난과 좌절의 늪에 빠져 허우적대던 학창시절이었지만 지금 생각하면 아련하기만 하다. 그때 묻은 고향의 냄새는 아직도 내 시에서 풍기고 있다. 아직도 들판 가득 넘실거리던 보리밭이 출렁이고, 간자반의 짭조름한 비린내며 호롱불 그

172

림자의 석유 냄새가 내 글에서는 늘 어룽거린다.

창녕읍 만옥정 진흥왕순수비와 도서관에서의 추억, 힘들고 고달플 때마다 올랐던 화왕산 배바위, 물고기를 잡으러 찾곤 했던 우포늪, 봄 소풍이면 늘 단골 소풍지였던 봄 풋가지, 이 모두 다 지금도 눈앞에서 아룽거린다.

지금은 철거되고 없지만 그때는 만옥정에 청소년을 위한 도서관이 있었다. 아침부터 도시락을 싸가지고 가서 하루 종일 도서관에서 공부를 하다 저녁노을이 물들면 도서관을 나와 향교고갯길을 넘던 기억이 지금도 생생하다.

그리고 학창시절 겨울방학이면 어김없이 화왕산 북편 골짜기인 풋가지에 나무를 하러 가던 기억이 새록새록 난다. 가장 외지고 걸어서 닿을 수 있는 마지막 끝자리 풋가지. 풋가지는 그때부터 내 마음으로 내가 세상을 벗어나 은둔한다면 나는 여기로 숨어들리라는 생각을 하게 했던 곳이다. 타향과 고향의 심리적 거리는 십리라고 했는데, 풋가지는 꼭 그만한 거리를 둔 곳이었다. 지금은 청소년 수련장이 생기고, 삼림욕장이 생기고, 다소 번잡해졌지만 그때는 정말 한적하고 은둔하기에 적합한 곳이었다. 나는 지금도 가끔 풋가지에 가는 꿈을 꾼다.

힘들고 괴로웠던 기억이 많아 한동안 잊으려고 했던 고향과의 화해가 이루어졌던 것이 내가 불혹에 들고 나서였던가? 나이가 드니 기쁘고 아름다웠던 추억보다 아프고

힘들었던 기억이 더 많았던 내 고향이 이렇듯 더 애틋하고 아련해진다. 비가 오면 자주 미끄러지던 논두렁길과 자주 발길에 채이던 돌멩이 하나까지 더 눈앞에서 새록새록 떠오르고 더 영롱하게 빛난다. 아리고 쓰렸던 기억조차 오색 물감으로 물들어 고운 빛깔의 수채화가 된다.

내가 고향과 화해를 하고 제일 먼저 한 일은 내 고향 청학재 시편을 쓰는 일이었다. 이 시편들은 내가 고향과의 화해를 선언하는 선언적 의미를 담고 있지만, 그동안 애써 외면하고 살았던 고향에 대한 미안함에 대한 토로이다.

여름이면 추어탕 그릇들이 담장을 넘어 넘나들던 마을, 품앗이로 서로 이 집 저 집 이 논 저 논 모내기를 다니던 곳, 모내기를 끝내고 나면 돼지를 잡아 온 동네잔치를 하던 곳, 누구네 집에 결혼식이 있으면 이 집에서는 묵을 하고 저 집에서는 떡국을 하고 다른 집에서는 단술을 담던 곳, 지금도 아련하다.

나는 이 청학재 시편과 내가 자라온 추억담을 묶어 『진경산수』라는 한 권의 시집을 내었다. 2011년의 일이다. 이 시집은 내가 살아온 한 편의 다큐멘터리 같은 이야기지만 어쩌면 내 또래의 모든 사람들이 살아온 보편적인 추억담이 아니겠느냐는 생각이었다. 내 삶이 그러했다면 우리나라의 갑남을녀도 모두 비슷한 아픔과 기쁨을 가지고 살아왔지 않겠느냐는 하나의 원형적 시편들이라고 생각했다. 지금 우리가 내고자 하는 『여기, 창녕』이라는 시선집도 어찌 보면 이 길의 연장선상에 있다 하겠다.

사랑도 이별도 다 사람의 일이라 어찌 보면 운명적인 면이 있다. 나는 퇴직 후에는 귀거래 하여 고향에서 살겠다고 계획을 세웠다. 자동차 면허증을 따고, 고향집을 중심으로 둘레 길을 만들어 산책로를 구상하고, 언제쯤 고향으로 돌아갈 것인가에 대해 아내와 의논을 마쳤다. 그러나 사람의 일은 모든 계획이 결과로 이어지진 않는다. 뜻하지 않은 일로 계획은 수포로 돌아갔고 나는 어머님을 마산으로 모셔오게 되었다. 나는 이 모든 것이 운명이 느니 하고 생각한다.

『여기, 창녕』이라는 시선집은 결국 귀거래하지 못한 나의 애틋한 마음의 한 자락을 열어 보이는 일일 것이다. 내 나이 오십대에는 늘 외투의 안주머니에 도연명의 귀거래사를 넣고 다니며 틈이 나면 읽곤 했었다. 사람에 치이고 일에 치이고 만신창이가 된 내 삶을 돌아보며 나는 꼭 귀거래하리라 다짐을 하곤 했었다. 나는 정말 귀거래하리라 다짐을 하곤 했었다. 아! 귀거래라 귀거래. 나는 결코 고향에 돌아가지 못하는 일은 없으리라 생각했었다. 그러나 그 다짐도 그 계획도 다 무산이 되고 이렇게 귀거래하지 못한 마음을 한 권의 시집으로 엮는다.

한평생을 사는 일이 어찌 다 무지갯빛일 수 있으랴. 그러나 지난 시간을 추억하는 일은 늘 그리움이 아슴아슴 피어올라 수채화 물감을 풀어놓은 듯한 것 같다. 어쩌면 가지 못한 길에 대한 아쉬움과 그리움이 더 그 색깔을 짙게 하는지 모르겠다.

내 나이 오십대 후반 아내와 마을 둘레길을 둘러보다 고향마을 입구에 있는 두 그루의 느티나무와 두 그루의 은행나무가 있는 정자에 앉아 아내와 이야기를 나눈 적이 있다. 그때는 귀거래에 대한 생각이 아주 강렬했으므로 나는 그것이 가능하리라 생각했다. 나는 돌아올 것이다. 꼭 귀거래 하리라 생각했다. 이런 마음의 자취가 『여기, 창녕』이라는 시선집에 묻어있으리라 생각한다.

『여기, 창녕』이라는 시선집은 그러한 내 마음의 자취일 것이다. 여기에는 한 번도 발표하지 않은 작품들도 있고 이 시선집을 위해 새로 쓴 작품들도 포함되어 있다. 나는 오래전부터 이 시선집을 계획하였고 구상하였다. 나의 이 구상은 일태 선배를 만나면서 더 구체화 되었고, 지금 이렇게 현실화하게 되었다. 같이 마음을 나눌 수 있는 선배가 있고 뜻을 같이 할 수 있는 선배가 있어서 얼마나 고맙고 다행스러운가.

어쩌면 『여기, 창녕』이라는 시선집은 내가 고향으로 돌아가고 있음을 나타내는 시편들이 아닌지도 모르겠다. 이미 고향에 가닿았거나 내 마음이 고향에 둥지를 틀고 누웠다는 생각일지도 모르겠다. 정말 그랬으면 좋겠다. 『여기, 창녕』이라는 이 시선집이 이제 내 고향인지도 모르겠다.

인생은 육십부터라는데 나는 이제 막 육십을 넘겼다. 인생은 육십부터라는데 나는 다시 고향으로 돌아갈 수 있을까? 이 시집을 묶으며 다시 한 번 나에게 묻는다. 인생은 육십부터라는데 아! 귀거래, 귀거래, 귀거래혜.

■ 수/우/당/시/인/선